# 不協和音

梶原 正毅

《不協和音・目次》

# 第一章　疑惑の真相

## 一

暗く冷たい冬の名残りが、まだビルの陰に黒いシミのように残っている。

私は軽く食事を済ませ、馴じみのスナックで一人飲んでいた。

小一時間程経ち、店の客が私一人になったとき、若い男女の二人連れが入って来た。女の方が男の体を抱きかかえるような感じで、男はかなり酔っているらしく、足元がふらつき、回らぬ舌で何ごとかわめきながら、それでも何とかカウンターを頼りに腰を落ち着けた。

「何にもわかっちゃいないよ、何だあいつら、あれでもプロのつもりか」

男はそのようなことを口走っている。

「水割りお願いします。うんと薄くしてください。あっ、私はウーロン茶かなんかで」

女は腕を男の体に回したまま、小声でそう言った。

男は髪をかなり長く伸ばし、端整なマスクをしていたが、目は異様に血走っている。

女はほとんど飲んでいないのか、随分しっかりしている。ショートカットの髪は男よりはるかに短く、頭の良さそうな横顔を見せている。年は二十才前後だろうか。

二人の前に二個のグラスが置かれた。ママは愛想よく振る舞ってはいたが、どうにも迷惑そうな表情は隠しきれない。

「どうしたっていうの、シュウちゃん、こんなに酔っちゃって」

「どうもすみません、今日は調子が悪いらしいんです」

若い女はすまなそうな顔でママに謝っている。

「うるせえ！余計なこと言うな、何も調子なんか悪くねえよ」

男はそう言って、突っ伏していた体を起こした。その拍子に目の前にあったグラスが、カウンター越しにママのラメが入った黒いスーツめがけて飛んでいった。

「何すんのよ！いい加減にしてよ」

瞬間的に言葉が発せられた。

男は上げた顔を真っ直ぐにママの方に向けたが、その形相が変わっていた。

「洗えばいいから構わないわよ。アキちゃんお絞り取って」

ママは愛想笑いを浮かべ、目を男の視線から逃げるように店の女の子の方を振り向いた。

男はそんなことで収まる様子はなかった。勢いよく立ち上がり、

「バカヤロー！何もわかっちゃいねえくせに、ふざけるな」

ママは、素知らぬふりをしてはいるものの、顔は少し青ざめている。

「もうやめて！あなたが悪いのよ」

若い女は、男をきつい調子でたしなめた。女の視線と男のそれが激しくぶつかり、男は立ち上がったままドアの方に向かって歩き出そうとしたが、足がもつれて倒れかけた。女はそれを見て彼の体に手を差し伸べたが、男は振り向きもせずにその手を払いのけ、壁を伝いながらド

アを開けた。

女はひと言ママに何事か早口で言うと、ドアの外に飛び出して行った。

男と女が言い争う声が、ドア越しにまだ聞こえている。

ママは男が出て行くのを見届けると、私の席の方に近づいてきた。

「ああ驚いた、いつもはあんなじゃないのに、どうしたのかしら」

本当に、ほっとした表情を見せた。

「常連さんかい？」

大して興味はなかったが、なんとなくたずねてみた。

「ええ、なかなかいい男だし、いつも冗談言って笑わせる人でね。もっともいつも同じグループ三、四人で来るんだけど、女の子を連れて来たのは初めてよ。あの女の子と何かあったのかしらね」

私は無意味にうなずき、

「学生？」

「そうじゃないわ、確かどこかの大学を卒業して、いまグループで音楽をやってるはずなんだけど、結構あれで札幌では知られているようよ」

「ふうん、何ていうグループ？」

「ええと、何ていったかな。アキちゃん、シュウちゃんのグループの名前覚えてる？」

洗いものをしていた女の子が、私の顔を見ながら、

「〝飛行機雲〟っていう名前で、四人編成のインディーズバンドよ。彼はそのリーダーで、本名が田所修《おさむ》。作詞はあんまりしないけど、作曲はほとんど彼がやってるみたい、まあまあらしいわよ」

そういえば聞いたことがあった。仕事柄、音楽グループの名前はミニコミ誌や、音楽関係の雑誌でよく目にする。流行りに乗り遅れたような名前で覚えていたのだが、一度紹介記事が掲載されていたことがあって、まあどのグループも同じようなものだが、かなり賛辞を送られていたような気がする。

「どっちかというと、バラードっぽい感じの曲が多いんだろう？」

直接聴いたわけではなかったが、その紹介記事が載っていた記憶があった。

ドアの開く音がした。さっきシュウという男と出て行った若い女が、小さく頭を下げ、申し訳なさそうな表情で戻ってきたのだ。

「今タクシーに乗せました。さっきはホントにすみませんでした。ちょっと酔ってたものですから、お金も払わないで出て行っちゃって、おいくらですか？」

女は、ママに小さく頭を下げた。

「あなたは心配しなくていいわよ。ちゃんとシュウちゃんにつけておくから」

ママはもう平静さを取り戻している様子である。

「でも……」

「いいってことよ、それよりお客さんがいなくて淋しいから、あなた少し飲んでいったら？彼の友達なんでしょう？お酒は飲める？」

「ええ、まあ……」

彼女は少し迷っている様子だったが、ママの笑顔に誘われて、少しだけ、と言って腰を下ろした。どうやら、ママはわざわざ戻ってきたその女に好感を抱いたようだ。

五年くらいの付き合いになるママの感情の移りが、私にはわかったような気がした。

ママは自分で水割りを作って女の前に置き、

「ところで彼どうしたの、何かあったの？」

女はグラスの汗を指で追いながら小さくうなずいたが、それだけだった。

ちょっと気まずい沈黙があった。

「彼、飛行機雲のリーダーだって？」

私は横から口を出した。女は驚いたように私の方を向いた。

美人だった。整った目鼻立ちは、彼女を随分と大人びて見せている。

「こちらはね、何ていうのかしら広告プロダクションっていうのかな。音楽関係のこともやってる方で、生田《いくた》さんっていうの」

（音楽関係といっても、せいぜいＣＭで流すＢＧＭの選曲程度のことさ）

自嘲気味にそう思いながら、私は女の顔を見つめたまま軽く会釈した。

女はそれにかすかに応えたが、口を開こうとはしなかった。ママが先に口を開いた。

「ところで、あなたのお名前きいてなかったわね」

「私、風間涼子といいます。以前、田所さんとは大学で一緒でした。先輩なんですけど……、今日はたまたまお友達と、彼のグループがオーディションに出るというので行ってみたんです。でも落ちちゃって、それで荒れてたんです」

彼女は名前を言ったついでに、という感じで言葉を続けた。

「最初は残念会ということでグループのメンバーと私の友達を含めて七人で飲んでたんですけど、彼が荒れはじめて、二人、三人とバラバラになって、私、正直言って逃げそびれたんです。なんか一人にしておくのが危なっかしくて、それでここまで付いてきたんです。どうもすみませんでした」

「何もあなたが謝ることなくってよ、あなたの方が大変だったでしょう。それであっ、いらっしゃいませ。あらお揃いで、アキちゃんお絞り六つよ、どうも先日は……」

狭い店に、中年の客が団体で入ってきた。カウンターだけのこの店は、これでほぼ満杯に近い。私はいちばん奥の隅に座っていたが、真ん中に座っていた風間涼子は目くばせだけで奥の方に追いやられ、私のすぐ隣に座らされることになった。

しばらくの間、新客とママのとりとめのないやりとりに耳を傾けていたが、彼女はなんとなく落ち着かない様子で座っている。

「飛行機雲の曲にいいのがありますか?前に雑誌か何かで紹介されてたけど」

風間涼子は、それまでぼんやりと見るとはなしによく動くママの口元を見つめていたが、私の言葉に、隣の存在に初めて気づいたかのように、

「あっ、どうも、ええ」

と、曖昧に応えた。彼女の表情は硬かった。しかし、キラキラ光るその目に見つめられて、一瞬私は戸惑いを感じた。何かを観察するときのそれに似ていたが、目の奥に、これまで出会ったことのないような神秘的な何かが潜んでいるような気がした。

彼女は手元のグラスに目を移すと、口を開いた。

「ええ、私にはよくわかりませんけど、グループの曲は大体好きです。ひいき目で見れば、その辺のプロよりもずっといいと思います。今日だって、優勝したグループより上手だと思いました。私たちの周りに座っていた人たちも、発表されるまでの間、飛行機雲は大丈夫だろうって」

「それで落ちたんですか？」

「ええ、本人たちも遊び半分で応募して第一次、二次の審査を通って欲が出てきたのもあったみたいですけど、友達の話じゃ猛練習したということでした。きっとそこまできたので自信も出てきたし、演奏終わったときも思ったより上手くいったって喜んでたので」

「今日のオーディションっていうと」

「放送局主催のオリフェスの北海道大会ですけど、オリジナル曲ばかりで応募する、ご存知ですか？」

そのオーディションのことはよく知っていた。正式名称はオリジナル・ミュージック・フェスティバルで、通称オリフェスと呼ばれ、全国規模の大会だった。

昨年まで、最終予選には欠かさず聴きに行ったものだったが、今回初めて行かなかった。

仕事……、そう、仕事が行かせなかったのだった。

私は昨年から社長に認められ、ほんの四十名足らずの広告プロダクションだったが、社長の親族の端に取締役として名を連ねた。部長の肩書きを与えられて、半ば実務から離れチェック業務が主になると同時に、社内の風当りも強くなってきていた。

入社してわずか三年、前の会社を辞めて二年余り、札幌でウロついているところを、今の社長に拾われて今日に至っている。社内には創業当時からの社員もいたので、私の役員就任に不満をもらす社員が多かったのは言うまでもない。

三十一歳の誕生日を数ヶ月後に控えていた。最近の私は、急に頭痛が多くなっている。寝起きもはっきりしないうえ、なぜか精神的に老け込んだような気がしていた。そして、時々不協和音が身体の中で鳴り響いた。ろくにチューニングしていないギターを、開放弦でジャーンと弾いたような不快な響きだった。

「どうかしましたか?」

涼子が、私の目をのぞき込んで言う。

「いや、そのオーディションならよく知ってるよ。こっちではアマチュアからプロへの登竜門のひとつだからね。私の仕事とも多少関係あるし、というよりあったから、と言うべきかな」

「失礼ですが、どんなお仕事なんですか?あの……」

「生田です。ちっぽけなプロダクション、といっても広告関係のプロダクションでね、ナンデモ屋っていうところかな。テレビ、ラジオ、新聞、広告、その他もろもろ、それらに関して、儲かるものがあれば何でも手を出す、ハイエナみたいなものかな」

「そんなこと……」

彼女は小さく笑いながらつぶやいた。

「何かおかしいかい？」

「だって生田さん、仕事にまるで誇りがないようにおっしゃるから。何となく面白そうな仕事だと思いますけど」

「端からみればそう見えるらしいが、まあ決して僕も嫌いな仕事ではないけど。特別面白くはないよ」

「そうなんですか？」

彼女はそう言って、グラスを口に運んだ。薄いピンクの口紅が、グラスの端を曇らせた。

何でこんなところでこんな女の子に仕事の話をしてるんだ、と私は自問してみた。相手が自分の利益と無関係なのが安心感を呼び起こしたのかもしれない。利害関係が今の自分の人間関係のすべてなのかも、と私は改めて自分を取り巻く数人の顔を思い浮かべていた。

「生田さん、お電話、橋口さんみたい」

腕時計に目をやった。すでに八時半を過ぎている。

彼との待ち合せは七時だったから、もう一時間半もこの店に居ることになる。

「はい、生田です」

「生田、すまん。どうしても抜けられなくて、今いつものクラブにいるんだが、こっちに来ないか？どうせ暇なんだろう？」

電話を通して、賑やかな雰囲気が伝わってきている。

「伊藤も一緒だから来いよ。客は客で勝手に遊んでるから構わないさ、紹介するよ」

考えるまでもなく断った。一人で飲んでいるうちに、何となく気が滅入ってきたようだった。今さら騒がしいところに行く気はなかった。

席に戻ると、風間涼子が帰るところだった。

「ママ、それじゃ僕も失礼するよ」

「あら、橋口さんは？」

「今日は抜けられそうもないらしい」

「じゃあ待ちくたびれたってことね。またよろしく」

成り行きで涼子と一緒に店を出ることになった。

二

エレベーターはかなり混んでいた。すし詰めになったエレベーターが目の前で開いても、

「満員でーす。次のをご利用願いまーす」

という酔っ払いの声とともに、素通りしていった。

涼子と私は、階段を歩くことにした。

「風間涼子さんだったたね。一軒僕に付き合わない？飯を食わせるところなんだが、一人じゃどうにも格好がつかなくってね。待ち合わせた奴にすっぽかされちゃって」

階段を歩きながらきいた。

「でも、会ったばかりで……、そんな」

「飯も食わずに飛んできたから、なんか急に腹が空いて、頼むよ」

食事は軽く済ませていたが、私は自分でも思いがけず強引に誘っていた。

一人取り残されてマンションに帰る気もしなかった。いや、それ以上に彼女に興味を持ったのかもしれない。一階に着くまでの間に、交渉は成立した。

(若い女性と連れ立って歩くのは久し振りだな)

ビルのネオンを目で追いながら、ふとそう考えていた。ススキノの街は、昼間の様子とはガラリと変わり、すでに様々な人の思いをのみこんでいる。

私が仕事をしているビルの窓から、ススキノの一部を眺めることができた。昼間の渇いたススキノを横目に仕事をし、ネオンが灯るのを見て、短い時間でも必ずそこに寄ってから帰宅するのが日課だった。

「まだ遠いんですか？」

涼子はふいにたずねた。彼女の目に、不安の色が見てとれた。

繁華街から外れた、人通りの少ないところまで来ていた。

「あのビルの二階にあるんだ」

そう応えてゆっくりと歩き続けた。涼子は、一歩遅れるような感じでついてきている。

そこは二、三年前までよく一人で来た寿司屋で、この頃はちょっと中心部から外れているせいもあって、年に数度立寄る程度だった。エレベーター横の階段を上った。

「らっしゃーい！」

「いらっしゃい！」

威勢のいい、独特のかけ声がいくつかかかった。

「お久しぶりですね」

店の主人が懐かしそうに、いつものように声をかけてきた。ちょくちょく通っていたときも第一声はこれだった。

歳は四十過ぎで、店の主人としては若いが、どういうわけか客が寄ってくる店だった。

ここには競馬に熱中していたころ、金曜の夜遅く来ては彼と予想を立てたものだった。かといって共同で買うわけでも、参考にするわけでもなく、互いに予想を主張するに過ぎなかった。

たまに意見が合えば、

「これしかねえ！」

などと顔を見合わせ、次に、

「それじゃ、前祝いといこう」

と、また酒に浸るのだった。

それでもこの男、競馬狂いかといえばそうでもなかった。釣りの話にはそこそこの知識、ゴルフといえばゴルフ、映画といえば映画、何でも人一倍の知識を持っている男だった。仕事のことで悩んでいたとき、さりげなく話をすると、妙に的を得た、時には冗談とも本気ともつかない口調で、彼流のヒラメキを披露したものだった。かけ出しの頃、この男の方が余程仕事ができるだろうな、と考えたこともあった。とにかく、いろいろなことに通じている、ここに置いておくことが勿体ないようなユニークな人物だった。

「生田さん、奥空いてますよ」

彼は涼子のことで気をきかせたのか、突き当たりの小上がりを目で示した。

別にカウンターが混んでいるわけではなかったが、連れの誰かと話があるときは、奥の小上がりを使うことが多かった。うなずいて奥に向かった。

そこは四畳半の広さで、厚いがっしりした白木の座卓、それに小さいながら床の間があり、何やら墨文字の掛け軸がかかっている。上がってしまうと、店の雑然とした物音、話し声は急に小さくなり気にならなくなる。

私たちは、テーブルをはさんで向い合って座った。

「何にします?」

古くからいる中年の女性が、お絞りをもってきた。

「今日はすぐ握ってもらおうかな、適当に任せるよ、それと、ビールでいいかな?ビール頼むよ。相変らず繁盛してるね、この時間から」

お陰様で、とひと言残して出ていった。この店のピークは、大体十時過ぎから一時頃で、その時間に来るといつも満席で待たされることもあったが、今日はまだ時間が早い。

涼子は心持ち緊張した様子で、両手を膝の上に置いて座っている。

「無理に誘ってしまったけど、お寿司でよかったかい？」

「ええ、私は何でも、それにそれ程お腹が空いてないから。生田さんは、こちらにはよくいらっしゃるんですか？」

「二、三年前まではよく来たけど、最近は少ないなあ」

ビールとお通しが運ばれてきた。

意味もなく乾杯、とひと言。それで彼女も何となくくつろいだ感じになった。

「ところで、彼とは長い付き合いなの？」

彼女の顔を見つめた。白いブラウスが清潔なイメージを伝えてきている。

「彼？」

彼女は小首をかしげた。その表情は子供のように、何とも可愛らしい。

「彼さ、ええと……、田所君のことさ」

「とんでもありません。顔くらいは知ってましたけど、ほとんど今日が初対面みたいなものです」

「じゃあ、恋人でもないのかな？」

彼女はおおげさに首を横に振った。

「そうか、あの店に入ってきたときは、てっきりそんな感じだと思ったよ」

「私っていつも損な役割が多いんです。逃げ遅れたって言いましたけど、でも私、あんな人を見てると放っておけないたちなんです」

「世話女房型というんだな、それを」

「そんな……、そんなんじゃありません」

と言って、彼女は顔を少し赤らめ、初めて心から笑ったようだった。

久し振りに本当の笑いを見たような気になった。爽やかさがあった。

「女性にきいちゃ失礼かもしれないけど。風間さんは、今いくつ？」

彼女の表情は柔らかくなっていた。角がとれると、ちょっと前とはちがって人なつっこい話しぶりにもなった。

「いくつに見えますか？」

彼女は茶目っ気たっぷりにききかえした。目が笑っている。

「そうだな、さっきまでは大学を卒業して間もなくで、二十二、三かな、と思ったけど、もっと若いみたいだね、こうして見ると。うーん、二十歳くらい？」

「いい線です。もうすぐ二十二になります。生田さんは？」

「僕か？あまり言いたくないなあ」

「当ててみましょうか」

といって、私の顔をまじまじと見つめた。

「いや、正直言って、三十を過ぎたから、残念ながら、もうおじさんと呼ばれる年さ」

「ああ、そんなことないです、もっと若く見えます。お世辞じゃなくて」

涼子は、真面目な顔でそう言った。

「生田さんは札幌ですか？ご出身」

「いや、仙台」

「じゃあ、いつから札幌に？」

「もう五、六年になるかな、こっちに来て」

「それまでは？」

「九州、そして東京」

「お仕事で？」

「そう」

「どんなお仕事だったんですか？」

「あるレコード会社に少し居たことがあるんだ」

「そうですか、ステキですね」

「別に素敵でもないいさ」

素っ気なく応えた。

実際、レコード会社といえば聞こえはいいが、新入社員の頃は福岡に営業として配属され、結局レコード店回りをさせられていた。三年で東京に転属、商学部を出ていたということもあって今度は経理に回されてしまった。ディレクターを目指していた私は、デスクワークが苦痛になり一年も待たずに辞表を提出していた。

「それより、君は？」

私は意識的に話題を変えた。

風間涼子は、小樽出身だった。両親は健在で、父親は小樽では名を知られているレストランを経営しているらしい。札幌の公立大学で美術を専攻しているという。東京の美大に行きたかったが、両親の猛反対にあって断念。その見返りに小樽から通学せずに、女子大生ばかりの学生会館に入っているという。

いまどき珍しく、純真さと育ちの良さが感じられた。

彼女の若々しい素直な表情を目にしていると、不思議と心も軽くなり、久し振りに冗談を連発。それほど空腹でもなかったのに、話をするのと寿司をほおばるのに忙しかった。

「そういえば」

と、私はきいた。

「田所君のグループはオリフェスに落ちたって言ってたけど、何か賞はもらったの？」

涼子は顔を斜めにしながら曖昧にうなずいた。

「一応入賞して、盾と記念品が。グループの一人が持って帰りましたけど」

「それで田所君は、入賞でも不満だったわけか」

「そうです。優勝しないと全国大会に行けなかったし。でも、その優勝した札幌のグループ、ロックバンドでしたけど、何ヶ所か明らかに間違えて飛行機雲でなくても、他の入賞したグループの方がずっと良かったです」

私の記憶では、過去のオリフェスはそんなことはなかった。多少個人的な好みが入っても、まずまず順当なところで優勝グループは決定されていた。審査員は、作詞家、作曲家、その他放送局、レコード会社の耳のこえた人間ばかりで構成されていたはずだ。

私は、最初に、彼女自身が言った欲目に違いないと思った。しかし、あれほどまでに固執した田所修の態度が気にはなった。ステージにそう立っていない人間は、むしろ他人のステージの方がよく見えることが多いからだ。

十時半過ぎ、店が混雑し始めたので、勘定を払って外に出た。西の空は絵筆でスーッと掃いたように、ぼんやり白んで見えていた。

楽しかった、と私はこの一時間をそう感じた。

「今日はどうもごちそうさまでした。私はここで」

涼子は、バッグを両手で前にぶら下げた格好で小さく頭を下げた。

「そうか、残念だな、もう一軒誘いたいところだけど、嫁入り前のお嬢さんをこれ以上引き止めても悪いしね。それじゃ今日はどうもありがとう、楽しかったよ」

「私も、それじゃさようなら」

彼女はそう言うと、さっとかけ出して行った。

心残りはあったが、彼女が去った方向に背を向けて歩き始めた。少し歩いてタクシーを拾って帰るつもりだった。

春を感じさせる西の空を見ながら歩いていると、後ろからかけてくる足音が近づいてきて、私のすぐ後ろで止まった。振り返ると、息を切らせた涼子がそこに笑って立っていた。

「あのう、私……」

「うん？」

彼女は、思い切ったように、

「私、生田さんの会社の名前も、住んでるところも知らないので、もし差し支えなかったら名刺いただきたいんですけど」

「ああそうか、君のことばかり聞いちゃったから、いいよ」

ポケットから名刺入れを取り出し、一枚を彼女に渡した。

彼女は頭を軽く下げて受け取ると、バッグにしまいこんだ。

「ところで、住まいはどこ？」

「地下鉄白石駅の方です」

「そうか、それじゃ一緒にタクシーを拾おうか、送ってくよ」

「でも、回り道じゃないんですか？」

「いや、大したことはないよ。この辺までくるとタクシー簡単にはつかまらないし」

少し歩いてタクシーを拾った。

白石に近づいたところで、涼子は私にたずねた。

「生田さんの家はどこなんですか？」

「北大の近く、北十八条西三丁目」

彼女が驚いたときには、すでに〝女子学生会館〟と書かれた門の前だった。

北十八条は、ススキノからでは白石と全く別の方角だった。

車が見えなくなるまで彼女が見送ってくれているような、そんな気がしていた。

北国の長い冬が終わり、ようやく春めいてきたという感じの夜だった。

## 三

札幌の春は忙しい。やっと春が来て、短い夏が過ぎると、もう秋は冬の話題を運んでいる。だから春風が吹き始めると、秋までの短縮された一年のスタートが一斉に切られる。

春のあわただしさにあって、涼子と出会った夜の余韻が、そう長く続くはずもなかった。

不況と言われながらも、会社での仕事量は前年の同じ頃の三割増は固かった。

五月の末、営業の上原とある放送局に顔を出した。テレビスポットのちょっとした打ち合わせだったが、しばらく御無沙汰していたので担当者の上原に同行した。彼は、会社の中で私に好感を寄せてくれている数少ない一人だった。

エレベーターの中で池内部長と挨拶を交わした。制作局の方では、力のある人間である。

「おう、久し振りだね、元気かい」

池内は相変わらずのしゃがれた大声で話しかけてきた。お茶でも飲まないかということで、私は上原をそのままやって、また一階に池内部長と下り、ティールームに落ち着いた。

　この放送局を担当していた頃は、よくこの男に麻雀の相手をさせられていた。性格なのか、豪快な麻雀で、勝つときも大きいが負けるときもまた大きく、それでもいつも楽しんでいる、そういう男だった。直接仕事で接したことはないが、きっと仕事もこんな感じでこなすのだろう。

　コーヒーを飲みながらの雑談の中で、ふと記憶をよみがえらせる言葉に、思わず体を乗り出した。

「あの時はまいったよ。君も知ってるだろう、オリフェスさ。あの審査に苦情の電話がジャンジャンでね。交換台もパンク状態でさ。ああ、これ口外無用にしておいてくれよ。あんなことは初めてだから局長もオロオロしちゃってね。あの男は、ケツの穴が小さいから」

「審査にミスでもあったんですか？」

　涼子の不満そうな顔を一瞬思い出したが、素知らぬふりできいた。

「君は来なかったのか。そうか、私もちょうど東京の方に出張で翌朝出社したんだが、話を聞けばこういうことだったらしい。早い話が、コンテストはインチキだ、というんだ。あの優勝したグループはその資格はない、取り消せということでね。私も局長と一緒に騒ぎの中で、録画を再生してもらったんだが……」

「……」

「ありゃ騒ぎが起きても仕方なかったね。下手って訳じゃないが、見かけが派手なだけで、まあ少なくても入賞した三グループのうち二グループはあれより確かに良かった。腕も曲も」

「しかし……」

と、私は初めて口をはさんだ。

「審査員は、例年と同じだったんでしょう？」

「うん、それがね」

と、池内は急に声を潜め、顔を私の方に近づけた。

「今まではうちの主催でやってたんだが、今回は名ばかりの主催でね。営業畑から来た局長が、スポンサーをつけたわけさ。大手二社を向こう三年間という契約で。つまりオリフェスに関わる費用一切、もちろん宣伝費も含めてスポンサー負担ということで実施したんだよ。まあ何かと厳しい時代だから、持ち出すより利益になればと思ったみたいでね。それはいいんだが、その代わり、審査員にはスポンサー側から各一名出ることになって、うちとしては辞退するハメになった。これについては内部から猛反対があったんだが、局長が責任をもつ、ということでそのまま実施されてしまったんだよ」

「いや、しかし」

「しかし、そのくらいのことでと言いたいんだろう？まあ、局長としては利益を上げて、自分の力を誇示したつもりでいたみたいだけどね。結果的には片寄った審査が行われたんだ。って言うのは、優勝したグループに、名前は言えないがスポンサーのお偉いさんの一人息子がいたってことだ。親バカというか、審査員の何人かに息をかけたらしい。うちはその審査に一人として参加してないから詳しいことは誰も知らなかったからなあ。まあ、そんな訳でさ。もうほとぼりが冷めたからいいようなものの、一時は、局長の命も短かいよ、なんて噂も出てね」

と言って、池内は大声で笑った。どうやら、彼は局長がお気に召さないらしい。

話が一段落したところで、仕事を終えた上原が、どうも遅くなりましてといいながら小走りにティールームに入って来た。

四

社に戻った私は、いつぞやの田所修のことを考えていた。思い上がりもいい加減にしろと思っていたが、今日の池内部長の話で彼が気の毒に思えた。と同時に、しばらく忘れていた涼子の顔を思い浮かべていた。

「部長にお電話です、二番に入ってます」

営業課の女子社員が私の顔を見て、電話の方を指さした。

「はい、生田です」

「もしもし、わかりますか?」

電話の向こうで、聞きなれない声がした。

「さあ、失礼ですが、どちらさまですか?」

さっき電話を取った女子社員が、目をデスクの方に向けながら聞き耳を立てているようだ。手に持ったボールペンは動いていない。彼女もアンチ生田の一人だった。

「わかりませんか。それじゃこの間のお礼を言わせていただきます。お寿司どうもごちそうさまでした。おまけに遠回りしてまで送っていただいて」

涼子、風間涼子だ。偶然思い出していたので、ちょっと不思議な感じがした。

「ああ、どうも、しばらく」

聞き耳を立てている人間が目の前にいると思うと、何とも話がぎこちなくなってしまう。

「ああ良かった、もう忘れられたかと思いました。お元気ですか?」

「ええ、で、何か?」

「実は、今夜お忙しくなかったら、今度は私に付き合っていただこうかと思いまして」

カレンダーに目をやった。金曜日だった。土曜日を交替で休むようになってから、金曜の夜は予定を作る社員が多くなり、足並みが揃わないので定例はもちろん、臨時の会議も余程のことがない限り行わなかった。社外からの誘いも、ほとんどが遊びのそれだった。

「別に、今のところ予定はないですが」

「それじゃ、時間は六時でいいでしょうか、待ち合せは……」

今日は社長が不在なので、最後まで残ってドアに鍵をかけるつもりでいた。誰かに頼むのも、なぜか気がひけた。

「悪いが、それは無理かな」

「では、六時半なら」

「それも難しいかな」

「そうですか、でもどちらにしても待ってます。何時になっても構いませんから気になさらないでください。場所は地下街のポールタウンにマタリーっていうコーヒー専門の喫茶店がありますから、そこで待ってます。それじゃ、必ず来てくださいね」

電話は、こちらの返事を待たずにあっけなく切れた。

落ち着いた柔らかい声の中に、多少強引さがあった。

女子社員のボールペンが、ようやく走り出した。

案の定、仕事は六時半までに終わらなかった。しかし、七時を少し回ったところで鍵をかけることができた。いつもよりは、それでも早い時間だった。

喫茶店は、かなり混んでいた。涼子は女性向け月刊誌のページをめくっていた。買って間もないらしく、書店名入りの紙袋が横の座席の上に置かれている。

「やあ、しばらく」

懐かしさもあったが、自分でも驚くような明るい声で話しかけていた。

彼女は、本から目を離した。

「あっ、どうも、しばらくでした。急にお呼び立てしてすみません、ご迷惑じゃなかったですか?それから先日はごちそうさまでした。お電話の様子じゃ、もっと遅くなると思ってました」

「待った?」

「そうですね、ちょうど一時間です」

彼女は腕時計に目をやりながら、整った顔に微笑みを見せた。

以前会ったときよりも一段と綺麗になったようで、私には何となく眩しく感じられた。

「何か急な用事でもあったの？」

「えっ、用事がなかったら呼び出しちゃだめですか？」

「あっいや、別に」

「すみません、ホントは用事があったんです。うちの大学、明日から春の学祭が始まるんです。それで生田さんに来ていただけないかと思いまして」

「僕が、君の大学の学祭に？」

「はい、ぜひ！」

私は、彼女の言う意味がわからなかった。

「学祭といっても、春は秋と違って規模が小さいんです。それで、言い換えれば音楽や演劇クラブが中心で、ほとんどが発表だけなんですけど」

「……」

「この前スナックで会った田所さんのバンドも出演するんで、それでぜひ来て欲しいんです。この前話したとき、生田さんは飛行機雲の力量をかなり疑っていらしたでしょう?何もおっしゃらなかったけど、だから」

結局、涼子の言葉に従わされることになった。私としても、池内部長から審査のトラブルを耳にしたので、どの程度の力量のグループか確かめてみたい気もしていた。

その夜の涼子は、明るいオレンジ色のワンピースがよく似合っていた。彼女は親しげで、はた目から見たら長い付き合いの恋人同志のように見えたかもしれない。

とりとめのない雑談を交わして、その夜はお茶だけで別れた。

## 五

翌日、久し振りに車で出勤した。

涼子が通っている大学が、札幌の街中から、かなり外れたところにあるからだった。

彼女とは昨日と同じ喫茶店で待ち合わせていたので、車を地下駐車場に乗り入れたが、駐車場の入口のところで二十分近く待たされ、時計の針は三時をとっくに回っていた。

「また遅刻ですね生田さん、じゃすぐ出ましょうか」

悪戯っぽい口調で涼子はそう言うと、私が席に座る間もなく立ち上がった。彼女は昨日とは全く違う、ダークグレーのスーツを着ていて、妙に大人びて見える。

地下街から駐車場に向かおうとしたところで、涼子は足を止めた。

「生田さん、どこに行くんですか?バスはこっちの方です」

「駐車場に車を置いてるんだ」

階段を下り始めると、彼女は後を追って小走りにかけてきた。

「お友達の車ですか?それとも」

自分の車だと言うと、信じられないというように疑い深げに微笑んだ。

「僕が車に乗ったらおかしいかい?」

運転席に乗り込んでからきいた。

「いえ、そんなことは、でも生田さんの話を聞いてたら、お酒がいつもついて回ってるでしょう。だから車とは縁がないと思って」

確かに。通勤には車の方が余程時間がかかるし、たまに撮影か何かでどこかに出かけるときも、誰かのに便乗する方が楽だった。

地下から外に出ると、細かい雨が降り始めていた。

「とうとう、降ってきたな」

「ええ、朝から良くなかったから。天気予報ではそんなに降らないって、でもバスでなくて良かったわ」

涼子は、私の顔を見て嬉しそうに笑う。

ウィークエンドとあって、繁華街の人通りは多かった。札幌の五月は、ようやく本格的に春というところだが、今日のように小雨が降る日は肌寒く、男はポケットに両手を突っ込み、女はうつ向き加減で足早に歩いている。

街なかを抜けると車の流れは幾分楽になった。ワイパーが常時必要なほどの雨量ではなかったが、前を走る車から飛び散る霧雨のような泥が視界を悪くする。一番嫌な日だ。

「あの……」

涼子が前方を見つめたまま口を開いた。チラッと彼女の横顔に目をやった。表情は最初会ったときのように、なぜか硬かった。

「私、生田さんにお聞きしたいことがあるんですけど、生田さんは独身主義なんですか？」

「いや、どうして？」

思わず笑いながらきき返した。

彼女は真顔だった。

「ちょっと、きいておきたいんです」

その表情からは、彼女の意図がわからなかった。

「別に独身主義者じゃないさ、この年までたまたま縁がなかっただけさ。それに、まだもらいそこねたという年じゃない、三十だよ僕は」

「じゃあ、恋人はいらっしゃるんですか？」

彼女は質問を変えた。

「いや、残念ながらね、今はいないよ。五年前に逃げられた」

「ホントに！いないんですか？」

頭を、昔の女の面影が一瞬かすめて、そしてすぐにどこかに消えていった。

「彼女いない歴、うーん何年かな」

「そうなんですか……」

彼女はちょっと間を置いて、口ごもりながら独り言のようにつぶやいた。

大学の建物が遠くに見えてきた。この辺りは、住宅街に変わってきてはいるが、それでも全体的に見ればまだ畑が続いていていて、北海道らしい見晴らしがあった。

「あの……生田さん、今日一日だけでいいですから、私の恋人になっていただけませんか？」

突然、真面目な口調で言った。

「……？」

「友達に格好つけて言っちゃったんです。今日のコンサートに私の選んだ人を連れてくるって。ほんのゲームだと思ってお願いします！」

「別に僕はいいけど、それでさっき変なことをきいたのか」

車は大学近くまで来ていた。雨は降り続いている。

「すみません。最近、しつこく付きまとう人がいるんです。私ってはっきり断れないたちで、なんか可哀想な気がして。それで生田さんのこと恋人だってふれ回れば、あきらめてくれるかなって思って」

「なんだ、それじゃ僕は虫よけか？こんなおじさんでよければ使っていいよ」

彼女は、いつものように明るい笑いを見せた。なるほど、彼女なら学生の間では人気があるに違いない。一見大人の雰囲気を持ってるし、深窓の令嬢という感じもする。仮に街中を歩いていたとしたら、彼女の方を振り返る男も少なくないだろうと思った。

私は薄化粧をしている彼女の横顔を、改めて見つめていた。

話しているうちに車は大学に着き、彼女の指示で駐車場に乗り入れた。

歩いて正門に向かうと、何人かの女性が手を振っているのが見えた。

「涼子!遅かったのね、もう始まってるわよ。シュウちゃんたちのはまだだけど」

大学の門をくぐると、入口に女子大生が四人並んで立っていた。

どうやら、私たち二人を待ち受けていたらしい。

「涼子、紹介くらいしてくれてもいいんじゃない?」

ジーパンにセーター姿の一人が涼子に言う。

「オッケー、じゃみんな並んで。いい?ちゃんと一列に」

といって、彼女は四人を横に整列させた。号令でもかけそうな口調に、私は笑いをこらえていた。

「えっと、右からケイ、アイ、ユミ、それにミー、以上私の友達です。それからこちらが生田さん、生田雄一郎さん」

「もう涼子ったら、生田さんだけ別扱いして。私たちはまるで犬か猫の名前みたいじゃない」

一人が口をはさんだ。大きな笑い声が辺りに響いた。

六人が講堂に入ると、その足音に何人かが振り向いた。中は薄暗かった。

ステージでは、四人の女性が演奏していた。ドラム、ベース、リードギター、そしてサイドギターがボーカルを努めていた。ボーカルはそれなりに上手く聴こえるが、バックの方はかなりお粗末だった。ドラムとベースがケンカをしているような感じで、それでもボーカルはリズムを崩さずマイペースで歌っている。

同じバンドが続けて別の曲を始めた。今度はさっきよりもスローで、リズムが完全にもたれてしまっている。ドラムは、途中で自信を失ったらしく、一旦他のリズムを聴くためにひと休みして打ち始める。連鎖反応が起こって、テンポが狂ったままエンディングに入っていった。

「次が飛行機雲です」

涼子の息が、耳元に暖かく感じられた。

四人の男がステージ上でセッティングをしている間、場内は少しざわついていた。

ほとんどがここの学生らしく、中に女子高校生のグループが何組か混じっている。

私の年代はというと、勿論一人も見当たらない。多少気恥ずかしさを覚えていた。

おまけに、何人かの視線が私たちの方に向けられている。

この中に涼子を追い回している男がいるのかもしれない。

涼子はそんな視線を気にする風もなく、先程の四人と言葉を交わしている。

ステージではチューニングが行われていた。

「えぇー、それではオレたち飛行機雲の演奏を聴いてください。まあ本来からいえば、この大学を卒業したオレが、ノコノコ出てくるような場ではないんですが」

そうだ！というヤジが飛んで、場内にはドッと笑いが広がった。

修は笑いながら頭をかいていたが、笑いが静まるとまた話し始めた。

さっきの女性バンドに比べて、場内の雰囲気は一体になっているようだった。

「ええー、はいはい、でも、まあ他の三人が現役ってえことで、その辺で勘弁してください。それじゃ、最初は安藤の作詞でオレが作曲した〝甘えてばかりいられない〟。続けてオレの作詞作曲で〝サムタイム〟」

演奏が始まった。聴かせる声だった。誰に似た声というわけでもなく、彼自身の独特な声だった。演奏もしっかりしていた。ハーモニーも完璧だった。

二曲目はリードギターを弾いていた男が、フルートを吹き始めた。それによって、曲想がもうひとつ生きていた。

四曲目が終わった。

詞や曲は、物足りなさを感じるものがあったが、演奏の出来はまずまずだった。

修が笑顔でマイクに向かった。

「えーそれでは、最後の曲になります。これは作詞が女性です。風間涼子さんの作詞……」

誰かがピーと鋭い口笛を鳴らし、場内はまた歓声に包まれた。

「それで、オレの作曲で〝心をください〟」

涼子の横顔に目をやった。彼女も私の目を見て微笑んだが、何も言わない。

私はメロディーよりも、詞の方を聴いていた。修は最初ギターだけの弾き語りで歌い始め、途中からドラム、ベースがグッと曲を盛り上げている。

「ほんの悪戯で書いたんです、講義の最中に。そしたらケイが、これシュウちゃんに渡してみたらって、で、勝手に持っていっちゃったんです」

拍手をしながら、弁解するように涼子は言った。

「涼子、なかなかいいじゃない」

仲間の一人が彼女に声をかけた。

拍手の中でアンコールがかかったが、その曲を最後に修はステージから消え、人が動き始めた。

六

外はまだ小雨が降り続いていた。涼子とその友達、ケイとミーの三人は駐車場までかけ出した。三人を家まで送っていくことになっていた。涼子の住まいの方が近かったが、手稲方面の二人に連いて行くと言い、私たち四人はあわただしく車に乗り込んだ。

「どうでしたか?飛行機雲は」

涼子が、助手席から声をかけた。

「うん、なかなか良かったよ、思ったよりずっといいね。前のバンドがもうひとつだったから、余計良く聴こえたのかな。しかし上手くすると、あれで飯が食えるかもしれない。チャンスがあればだけどね」

素直に感じたままを話した。

「来年もう一度挑戦するそうです、例のオーディションに。そうでしょう?ケイ」

涼子はそう言って、後ろの席に座っている一人に顔を向けた。

「うーん、来年で大丈夫かな」

私は思わず、独り言のようにそうつぶやいてから続けた。

「話によると、残りのメンバーは来年三月で卒業なんだろう?とすると当然あの三人はどこかに就職する。そのとき、三人とも同じ土地に、つまり札幌に残れるかどうか。音楽で飯を食うのはそう簡単なことじゃないし、もし三人がサラリーマンになったら実質的に解散と同じような状態になる可能性の方が強い。練習時間がなくなってしまうからね。かといってソロはなあ」

彼は、そういうグループを過去に幾つも知っていた。

「でも、オリフェスは来年までないし」

涼子は多少不満げに言う。

座は一瞬しらけたが、涼子は気をとり直したように話題を変えた。

「ねえ生田さん、みんながね、生田さんのことなかなか渋いって。優しそうで渋くって、それでハンサムですって」

「んっ?」

「後ろに座ってる二人も、みんないい感じだって、ね、そうよね」

涼子は体を後ろに向けた。ルームミラー越しに二人の顔が目に入った。

「何も本人を目の前にして、そんなこと言わなくてもいいじゃない」

ミーと呼ばれていた娘が言う。私は、笑いながら黙って聞いていた。

「構わないでしょう? 別に悪口じゃないんだもの。生田さんは合格ですって、私の恋人として」

「恋人じゃなくて〝虫よけ〟なんだろう、本当は」

そう言うと、涼子は肘で私の脇腹を軽く突いてきた。

「そういえば涼子、帰りがけ、例の彼が恨めしそうな目で見てたわよ。涼子ったらあのときわざと生田さんと腕組んだでしょう。悪い人ね」

「生田さんとはいつものことよ。気にしない気にしない」

「いいですねえ、モテる人は。私も追っかけられてみたいわ、一度でいいから」

ケイはそう言って、大げさにため息をついた。笑いが広がった。

二人を降ろし、元来た道を引き返したとき、涼子の携帯が鳴った。

涼子は小声で話し始めた。私はなるべく聞かないように、フロントガラスに雨が流れていくのをじっと見つめながら運転を続けた。電話を切った涼子は、

「急で申し訳ないんですけど、小樽まで送っていただいてもいいでしょうか。ここからなら一時間かからないで着くと思うんです。来週の土曜日に帰ろうと思っていたんですけど、いま電話が入って。すみませんお願いします、お食事ご馳走しますから」

彼女はそう言って、目で訴えかけた。

突然の申し出に意表をつかれたが、すぐにUターンをして小樽に向かって車を走らせた。

雨はより激しくなり、視界はさらに悪くなってきた。

「きいてもいいのかな。生田さんのご家族のこと」

涼子は、遠慮がちに質問してきた。

「うん、仙台に兄と姉がいて、それぞれ家庭を構えてるんだけどね。両親は……」

あの台風の夜――。

両親が亡くなったのは、私が小学校三年のときだった。高熱を出した私を母は毛布にくるんで助手席に乗り、父は嵐の中、救急病院に向けて車を走らせていた。そこにセンターラインをオーバーした若者の車が正面衝突した。その若者と、私の両親は即死に近かったが、私だけは母に守られた形で奇跡的に一命を取りとめたのだ。

その時の車には、高校生の兄に買った中古のギターが後部座席に立てかけられていた。

衝突の瞬間、不愉快な響きを残してギターは壊れた。

その雑音は、私にとって不幸の象徴のように未だに耳に残り、時に再生される。

そして両親の身に起こった災難は、自分にも責任があるような気持ちを拭いきれずにいた。年の離れていた兄と姉は、まるで父と母のように私を育ててくれた。私は、二人の勧めもあって地元の公立大学に進学した。しかし、今ではそれぞれ家庭を持っていたので、私が行っても居場所がないような気がしていた。そのことを手短に話すと、

「ごめんなさい、余計なこと思い出させてしまって」

涼子は下を向いて、口をつぐんだ。

# 第二章　変化の兆し

## 一

札幌バイパスに入り、ラジオのスイッチを入れたが、けたたましいアナウンサーの声にすぐに切った。そんな雰囲気ではなかった。手探りでＣＤを捜した。何が入ってるかわからなかったが、最初に手に触れたＣＤをセットした。

「小樽の……、小樽市内に入っていいのかな？」

彼女の返事を待って、高速道路を外れ小樽市内に向かった。

海水浴シーズンに通るくらいで、道については全くわからない。

彼女の指示通りに車を走らせ、駅近くの坂の途中で停めるように促された。

「そこの駐車場に入れてください」

二人は車を降り、雨に濡れながら古いレンガ造りの建物の中に入った。

レストランだ。ガラスをはめ込んだ重そうなドアを開けたときに、チンと一回、心地良い金属音が響いた。ドアに取り付けてある黄色味を帯びた鐘だった。

「いらっしゃいませ」

ウェイトレスが出て来て、二人は奥のテーブルに案内された。中には二、三組の客がいるだけで割と空いている。

「いい店だね、かなり時代がかった雰囲気がいいね。しかし涼子ちゃんにはちょっと似合わないかな?」

涼子は小声で笑った。

「ところで、家の方に行かなくていいのかい?」

そうきくと、彼女は笑いながら、

「ええ、このすぐ裏なんです。だから」

合点がいった。彼女の父が小樽でフランス料理のレストランを経営しているという話を思い出した。そういえば店の名前が〝レストラン風〟となっている。

「それじゃ、ここが?」

涼子はニッコリとうなずいた。

さっきのウェイトレスが、メニューと水が入ったグラスを二個、テーブルの上に静かに置いて行こうとするのを、涼子は呼び止め、素早く注文をすると最後にひと言付け加えた。

「マダム呼んでください。ええ、涼子と言えばわかります」

間もなく、ベージュ色のゆったりとしたドレスを着た女性が、笑顔で近づき私の方に向かって軽く会釈した。そして、テーブルの横に立ったまま涼子の顔を見やった。

「生田さん、紹介します。こちらが私の母です。ママ、こちら生田さん、さっき電話で話した方」

「どうも、何かと涼子がお世話になっているそうで、今日はまたわざわざおいで下さいましてありがとうございます」

彼女が深々と頭を下げたので、私の方がすっかり恐縮してしまった。

(ママ?まさか)

服装は地味だが、どう見ても三十半ばにしか見えなく、涼子の姉といっても通用するだろう。しかし、顔立ちはよく似ている。

「座ったら?」

涼子は友達に話しかけるような口調で言う。

「そうもいかないでしょう、お店だもの」

彼女は小声で応える。

「構わないでしょう?誰も見てないもの」

そこは奥まった場所で、客の視線からは完全に隠れ、見られる心配はなかった。彼女は、涼子の隣に軽く腰を下ろした。

「ねえ、また変わったの?」

「そうなのよ、パパが厳しいから」

「相変わらずね、パパは」

母娘は、顔を見合わせて笑った。

何のことかわからないでいると、涼子が説明してくれた。

さっきのウェイトレスのことで、彼女の父親つまりこの店のマスターが、いちいちやかましいというのだ。客に対する応対、皿の持ち方、歩き方や仕草にまで細かく口を出すので、みんな長くは勤まらないということだった。

「言うんですけどね、時代が違うんですよって。すると、そんなことはない、一体いまの親はどんな教育をしてるんだ、なんて始まりましてね。それでいてこの娘には甘くって、言いなりなんですよ。どうも涼子が来る度に、内緒でお小遣いを渡したりしてるみたいで、そうでしょう?」

涼子の母はそう言って娘の方を向いた。

「知ってたの?」

「わかりますよ、そんなことぐらい。だから私は何もあげないことにしてるのよ」

母娘の会話は楽しげだった。

そして涼子の母は、なぜか私のことをよく知っている様子だった。

料理が運ばれてくると、『ごゆっくり』と言って彼女は席を離れた。

料理は最高だった。どれも微妙なところで味付けの腕が生きている。店の雰囲気も、なかなか他では味わえない感じだった。涼子が車から電話したとき、すでに料理を頼んでおいたのかもしれない。彼女は、これパパの味付けよ、と当り前のように言ってのけた。しかし父親の方は、最後まで顔出しはしなかった。

「今日は男の人と一緒だから、きっと嫌なのかもしれないわ。女友達と一緒だと、料理そっちのけで出て来るんですけどね」

一人娘ということで、父親としては誰よりも可愛いに違いない。その娘が男と一緒のところに顔を出すのは面白いはずがない、と私は思った。二人で食事をしながら、涼子は、

「パパは画家になるのが夢だったの。それで、ママと結婚して私が生まれた後で、その夢を捨てきれずパリに行って、生活のためにレストランでバイトをしていたらしいんだけど、そのうち料理を作るのが面白くなったみたい。で、フランスで修行して、日本に帰ってからホテルのシェフをして、その後でこのお店を出したんですって」

「じゃあ、涼子ちゃんはフランス語も話せるの？」

「ぜんぜん、ほんの日常会話程度だけ。学校入るころに日本に戻ってきたから。だから、私がフランスにいた証拠？って言ったら変かもしれないけど、パパがフランスで描いてくれた、私が小さいころの絵が唯一の証拠かも」

そう言って、もうひとつ、無邪気な笑いを見せた。

「で、我が家には秘密があるのよ」

「なんだい？」

涼子は身を乗り出すと小声で、

「誰にも内緒ってことになってるんだけど、ママとパパの出会いは、ママがパパの絵のモデルになったのがきっかけなんだって。おかしいでしょう？どこかにその絵があるはずなんだけど、頼んでも見せてくれないのよ」

彼女は、さもおかしそうに笑う。

その明るさは、私の心まで明るくしてくれる気がした。

店を出ると、涼子は傘を手に車まで送ってきたが、突然、

「私、生田さんにお会いしたの、あのスナックが最初ですよね？」

「そうだけど」

「ですよね。でも、なんか前にどこかでお目にかかったような気がして……」

（それは、男がナンパするときの常套句だよ）

冗談めかして返そうと思ったが、彼女の真面目な表情から、その言葉を呑み込んだ。

涼子は『お気をつけて』と小さく手を振った。


札幌に戻る車中、私は涼子のことを考えていた。

明るく可愛い娘だが、どうにもつかめないところも多い感じがする。

時々古めかしい女を感じさせる部分もあったが、いつ飛び去ってしまうかわからない野鳥のような奔放な感じもあった。

しかし、業界内で出会う女性とは違う新鮮さは、心の中に強い印象を刻みつけた。

そして今日、わざわざ小樽まで送らせて母親に紹介したのは、何か意味があったのだろうか。

『男の人を連れて来たのは初めてだから驚いた』と、彼女の母は言っていたが……。

とりとめもなく、そんな思いを巡らせていた。

# 二

夏が近づいてきていた。女子高生の制服は白の半袖ブラウスに変わった。こっちは、と社内を見渡すとやはりほとんどの女子社員は夏らしい装いで出社してきている。

業績は、順調に推移していた。こういう時期、私のような人間はそれほど重要でなくなってくる。昨年のように業績が落ち込んでいるときには、スポンサーとの交渉や、広告代理店への働きかけという仕事が重要になってくるのだが――。

特に大した仕事もなく、主に経理面に気を遣っていればよかった。成り上がり者としての社内の風当りがいっそう強くなってきているようだった。遊んでいて給料がもらえる、それが私への評価だった。社内には、創業当時からの十年選手も混じっていて、おまけに私より年上の人間も四、五人いた。

入社した頃から、猛烈に仕事に取り組んだ。そして運も良かったのか、動く度に大きな仕事に巡り会った。自分に合っていたのか、仕事が面白くなると同時に、社の業績は飛躍的に伸びていった。その頃は、社長も営業で飛び回っていたが、私の業績はいつもその上を突っ走っていた。加えて、いつの間にか制作関係の仕事も覚えていったので、社長の信頼が厚くなっていたのである。

七月に入って間もないある日、社長の井沢が早朝出勤してきた。珍しいことだった。

「生田君、ちょっと」

井沢に社長室、といっても普段ちょっとした打ち合わせに利用する応接セットと、似つかわしくない新品の大きなデスクが置かれているだけの部屋だったが、そこに呼ばれた。

「実は」

井沢は、声を潜めて真顔で話し始めた。彼の顔は幾分紅潮している。

「実は……」

彼は自分を落ち着かせるようにお茶を一口飲むと、同じ言葉をくり返した。何か重要な話をするときの彼の癖だ。

「実は、面白い仕事があるんだ。君にご指名がかかっている仕事なんだが」

私の顔をうかがいながら言葉を切ったが、私が大した反応も示さなかったのでそのまま続けた。

「実はね」

彼はさらにもう一度同じ言葉をくり返し、

「ファッションメーカーのシュールが札幌に進出して来ることになった。君も知ってるだろう、名前くらいは」

シュールについては知っていた。確か、十年ほど前に札幌から撤退した婦人服のメーカーで、その後、東京を中心に勢力を盛り返したと記憶している。そう話すと、

「そうなんだ。もう少し詳しく話すと、シュールが札幌に店を、今の駅前のところだが、店を出したのが十二、三年前だったかな、確か。その頃はデパートや小売店に品物を卸していたん

だが、それから間もなく東京を中心に生産小売りに転向したんだ。で、二、三年遅れて、札幌でも卸から小売りに転じた。本社の命令でな。だが、そのために札幌のファッション業界から総スカンをくらって、札幌では完全に失敗したってわけだ」

井沢はそこで一息つき、再びお茶を一口飲んだ。

「結局シュールの名前で品物が売れたんじゃなくて、個々の店の名前で売れてたんだな、その頃は。そしてついて来るはずの客に見放され、とうとう赤字を抱えて、君が言ったように札幌からの撤退を余儀なくされた。東京、大阪店は、一時業績では同じような形で落ち込んだが、名前が知られていたからどうにか持ち直してきた。それでも札幌店の赤字をカバーすることは無理だったわけだ」

(結局、何を言いたいんだろう)

そう思ったが、井沢の話をただ黙って聞いていた。

「シュールの社長、今は二代目になるが、小売り志向の精神は相変わらずで、札幌には未だシュールの商品は流れてきていない。しかし、シュールもその後すっかり回復して、もう一度札幌の市場に目をつけた。まあ、購買力もさることながら、流行を取り入れるのが早いし、逆に札幌のファッションが東京に流れることさえあるからなあ。それで今一度札幌に乗り込んでくるってことになったわけだ。そこでだ」

女子社員がコーヒーを運んできたが、二人だけになるのを待っていた。彼女もそれを察してか、急ぎ足で部屋から出て行った。

「実はね」

彼はコーヒーをひと口含み、ゆっくりと喉に運んだ。五十を少し過ぎ、最近、髪の方は白いものが混じってきてはいたが、不思議にトレードマークの顎髭はまだ黒々していた。彼はその髭を撫で下ろすような仕草で話を始めた。先程までより、余程ゆったりとしている。

「実はね、シュールの本社では生田君、君に宣伝関係のチーフプロデューサーとして参加して欲しい、ということなんだ」

井沢は、どうだと言わんばかりにニヤッと笑って、私の顔を上目遣いに見た。

それは、確かに意外な話だった。記憶の片隅にシュールという名前があっただけで、そこに関係する人間は誰一人として知らないし、ましてチーフプロデューサーという肩書きや、仕事がどういう内容のものになるかについて全く見当がつかなかった。

井沢は私が当惑の表情でいるのを、さも楽しげに眺めていたが、少し間を置いて再び話し始めた。

「実はね、シュールの今の専務というのが、私が独立する前からの知り合いでね。いや、お世話になったというべきだろうが。矢崎というんだが、彼は札幌から撤退する直前まで札幌の店長を務めていて、私がこのプロダクションを始めたとき、最初に仕事をくれた人なんだよ。まあ彼はその時のことなんかすっかり忘れてると思っていたんだが、なんせ十年このかた会ってないんだからな」

彼はすっかり落ち着いていた。そして昔を思い出したのか、言葉を切り、遠くを見るような目をして、幾分ぬるくなったコーヒーをグッと飲み干した。

「その矢崎専務から、昨夜遅く電話があってね。私も一瞬、誰かと思ったが、すぐに思い出したよ、やあ嬉しかった。ああ、それはさておいて、彼はこう言うんだ。『君のところに、生田というイキのいいのが一人いるだろう、彼、仕事の腕はどうだい』ってね。何のことかわからなかったから、適当に答えていたら、例の話になってね、『君のところならまんざら知らないわけじゃないし、その生田君にプロデューサーとしてやってもらえないかな』というんだ。こんないい話は滅多にないし、もちろんOKと応えておいたよ」

「えっ、しかし」

戸惑いの表情を見せると、彼は言葉をつないだ。

「はっはっはっ。しかし何で私が？と言いたいんだろう。正直言って私もそう思ったよ。お互いにいい加減忘れていた仲だったし、覚えていたとしても、こんな大仕事にうちのような吹けば飛ぶようなダクションを選ぶわけはないからな。詳しくは言わなかったが、第一の理由は、地元の人間でプロジェクトチームを組んで仕事をさせるというのがシュール出店のやり方だ、ということらしい」

「……」

「二つ目の理由は、どこか大手の広告代理店を使うにしても、必ず外部ブレーンをメインに据えて仕事をさせるという方針で、その辺りはわかりそうな気がするが。そのチーフは、できるだけどこにも所属しないフリーの人間を使いたいということなんだ。要するに客観的な判断、思い切ったプラン、利害関係を切り離す、という意図があるような気がする。そして最後に決め手になったのが、どうも誰かの口添えがあったらしい。あの男ならやれるだろう、という。どこかの放送局の人間らしいが……。君に心当りはないか？」

皆目見当がつかなかった。放送局の上層部の人間で知り合いというと、名前と顔が一致するのは五、六人。その中で言葉を交わした相手といえば、ほんの一人か二人、最近では、オリフェスの話をした池内部長だった。

（そう言えば、東京に出張したと話していたが……）

「まあいい、とにかくそういうことだ。うちにとってはいい話だし、もちろんやってもらえるだろうね」

押しつけがましい物言いではあったが、いずれにしても今のデスクに張りついているよりは余程性に合っているだろうと考えていた。しかし、どんな仕事の内容になるのか、井沢自身も具体的には知らされていないらしい。正直言って不安も大きかった。

社内には録音や録画できる部屋や、編集機材も一応揃っているが、今回の場合は外部のスタジオやスタッフも必要になってくるだろうとも考えていた。

井沢は私との話が済むと、すぐに会議を開いた。制作の佐々木と飛田《とびた》、営業の重森、そして最古参で総務の山岸が招集され、後は井沢と私の六人である。

井沢は『今のところ他言無用』と前置きして、手短に内容を説明し、最後にこう結んだ。

「まっ、そういうことだから、山岸君と重森君は生田君のやっていた仕事を全て引き継いでもらいたい。何かあれば私に直接相談してくれ。それから佐々木君と飛田君は、今回の件で生田君から依頼があったら全面的に協力するように。以上質問は？」

少し間を置いて、佐々木が顔を上げた。

「制作の方なんですが、現状手一杯です。ですから仮に何かあっても誰も抜けるわけにはいかないと思うんですが」

井沢は珍しく鋭い目を向け、

「そんなことはわかってる！私も無理をさせようとは思っていない。それにうちのスタッフだけでやれる仕事ではないし、決まっているのは生田君がこの仕事に手をかけるということだけだ、それもフリーという立場で。もし制作の方に仕事が回って現状人員に無理があれば人を入れればいいから心配するな」

佐々木は度の入ったサングラスの端を指で押し上げ、それならいいんですが、と言って不満そうに横を向いた。彼は私より二歳年上で、入社した頃から私に反感を抱いているようだった。デザイナーとしての腕は、知っている限り一流であり、自分が受けた仕事は出来れば彼にやって欲しかったが、大抵の仕事は若いデザイナーをあてがわされた。

その佐々木と昔から親しく、よく酒を飲みに行っていたのが営業の重森で、佐々木と同年輩ということもあって、アンチ生田に加勢していた。だが、私は未だに反感をかう理由をはっきりとは呑み込めないでいた。

同じ制作室の飛田は、佐々木と同じチーフだが物腰も柔らかく、年齢は私よりひとつ下で、どちらかというと好意的だった。というより彼は敵を作らないタイプの人間なのかもしれない。しかし、ウェブデザインを除けば、器量という点からすると佐々木の方が数段上だった。

シュールに関する大した知識も持たずに、私は翌朝、東京に飛ぶことになった。

三

その日の夕方、ひと仕事終えてぼんやりと窓の外を眺めているとき、携帯のバイブ音が響いた。涼子からだった。彼女とは、小樽のレストランの後で、二、三度会っていた。

「まだお仕事でした？ごめんなさい、今いいですか？急ですけど、今夜、いつものところで八時でいいでしょうか？……それじゃ八時に」

その日は、事務所の鍵を残っている一人に預けて外に出た。見上げると、空はまだ夕陽の赤味を映していた。暑くもなく寒くもなく、心地良い日だ。

今朝のシュールのことをあれこれ考えながら歩いていた。ネットである程度のことは調べてみたものの、どの辺りまで手がけることになるのか、まるで見当がつかなかった。

広告的な面では、私なりに自信があった。しかしそれ以外のこととなると、ちょっと荷が重過ぎる感じがしていた。

（でも、まあ出たとこ勝負。井沢がどう言おうと、出来ないものだったら断るしかない）

そう考えざるを得なかった。千歳発は、明朝七時だった。

八時少し前にいつもの喫茶店に入ると、涼子はもう来て待っていた。

彼女はいつもより少し濃い目の化粧をしていた。明るいオレンジがかった口紅が、一段と美しくしている。そういえば、化粧らしい化粧をしたのを見るのは始めてだった。

「今日は早かったんですね。えっ?別に意味ないですよ。たまたま今日美容院に行ったときしてもらったんです。それに、私もう二十二になりましたから」

私が化粧のことをたずねると、彼女は笑いながらそう答えた。

「それより、お食事まだなんでしょう?私もまだですから行きませんか?今日は私がご馳走しますから、ちょっとお金が入ったんです。臨時収入、ほんの少しですけど」

「また甘えたのか、お父さんに」

彼女はツンとして横を向き、ふてくされたような顔をしたが、すぐに笑顔に戻った。

「違います。たまには私もアルバイトするんですよ」

「へええ、初耳だなそいつは」

「また、すぐそれなんだから。この五日間バイトしてたんです、美術関係の。というと聞こえがいいけど、看板屋さんの仕事なんです。月寒の会場で、今月末から大きな展示会があって、その看板やらパネルを作る仕事なんですけどね。だから今日、電話するのが遅くなっちゃって。でも今日は最後の日で早かったんですよ。バイト料ももらったし、ホッと一息ってとこ。昨日なんか、部屋に帰ったの十一時過ぎだったんです」

そういえば、今月に入って涼子から電話が来たのは今日が始めてだった。

「それはそれは、どうもご苦労さん。でも大してもらってないんだろう? 別にご馳走してくれなくたっていいよ」

そう言うと、また怒ったような素振りを見せた。

「いいえ、いつもご馳走になってますから。それに、バイトとしては最高の方なんです。時給二千円、技術料も入ってますから。ちょっとしたものでしょう?」

「へええ、それじゃ、ご馳走になるかな」

私たちは立ち上がった。

その店の勘定も、涼子は無理矢理自分で払ってしまった。

地下鉄で移動し、外に出ると、

「それから明日もご馳走しますので。明日は私の手料理を」

私は、何のことかわからずにいた。

「だって明日は七月八日ですよ、生田さんの誕生日でしょう?」

ああそうか、今朝は思い出していたが、井沢と話し、忙しい時間を過ごしているうちに、すっかり忘れてしまっていた。

「でね、もし都合良かったら材料を買い込んで、私の友達、ほら一度大学で会った四人ですけど、彼女たちと一緒に、生田さんの部屋に押しかけて誕生パーティーを開くことにしたいんですけど。みんな、もう一度生田さんに会いたいって。迷惑ですか?」

はにかみながら、少しはしゃいでいるようにも見えた。

ちょうど目的の場所に着いたらしく、足を止めた。

レストランは、各々テーブルに赤いランプが置かれた女性好みの店だった。

席に着き注文を済ませると、彼女の質問に答えた。

「さっきの話なんだが、嬉しいけど明日はちょっと無理なんだ。急に東京に出張することになってね、今日決まったんだよ。折角祝ってくれるってのに申し訳ないな」

涼子は小さくうなずくと、少し表情を曇らせたが、

「そうですよね、急な話でごめんなさい。お仕事なら仕方ないですね。わかりました明日みんなに言っておきます。あっそうだ、ミーは講義がなくて会えないから、今のうちに連絡しておきます」

そう言って、急に立ち上がり、携帯を手に店の外に出て行った。

間もなくスープが運ばれてきた。

「ごめんなさい、あーもう来てたの。冷めちゃったかしら」

彼女は席に戻ると、すぐにスプーンを手に取った。

表情は明るかったが、化粧を直してきたのか小さな灯りでよくは見えないが、口紅の色がさっきより鮮やかに光っているように見える。

「それじゃ一日早いけど、今日これから二人っきりでお祝いしましょう。どこか素敵なところに飲みに行きましょうか」

彼女は、気を取り直したように話しかけてきた。

だが、私にはまだ仕事があった。もう少しシュールに関して下調べしようと考えていた。それに、明日は朝一便の飛行機だ。何日の出張になるかもわからなかったので、荷物も今日のうちにまとめておきたかった。

そのことを涼子に話すと、さっきよりも哀しそうな顔をしたが、

「じゃあ、急いで食べた方がいいのね。了解です」

彼女は何か思いついたように、明るい顔でナイフフォークを手に取って食べ始めた。

早々に食事をすませ、店を出た。『今日はホントにいいの』と言って涼子が払った。

空車のランプをつけたタクシーを見つけると、彼女は自分から手を挙げた。

「乗っちゃいましょう、お仕事あるんでしょう?」

彼女はキラキラ光る目で私を見て、自分からタクシーに乗り込んだ。

「いらっしゃいませ、どちらまでですか?」

珍しく、若い運転手が愛想よく行き先をたずねてきた。

彼女の住所を言おうとしたが、涼子の言葉の方が早かった。

「北十八条西三丁目までお願いします」

問いかけようとすると、彼女は首を強く横に振った。

どうやら彼女が思いついたのは、このことだったようだ。

話し好きの運転手と雑談を交わしているうちにマンションの前に着いた。涼子は、私を外に押し出すようにしてお金を払うと、タクシーから降りた。

「へええ、ここが生田さんの住み家なんですかあ」

彼女は無愛想な白いコンクリートの建物を見上げた。

「さあ、もう帰らないと」

そう言うと、彼女はバッグをブラブラさせながら建物の入口の方に歩き出し、くるりと私の方を振り向いた。

「お仕事あるんでしたら、その間私、お茶を入れたりしますから。コーヒーくらいはありますよね?私は買ったばかりの本があるから、静かに読書でもしてますから」

何か言おうと思ったが、彼女は唇をかみしめ、首を横に振り、

「お願い!」

彼女の押しは強かった。エレベーターの中で、負けたよ、という感じで笑ってみせると、細い肩をすくめ、いつもよくやるように舌を出し、笑いを含んだ目で私の目をのぞき込んだ。部屋に入って明かりをつけると、

「フムフム、フムフム」

といいながら、二つしかない部屋のあちこちを、まるで何かの点検でもするように見て回った。その表情は見ていて楽しかった。

「なかなかいいところですね。部屋はきれいに片付いてるし、女の人の匂いもないし。し・か・し、これは頂けないですね、お兄さん」

彼女はおどけた調子で、キッチンに散らかっている皿やコップを指さした。

「仕方がないから洗ってあげます。お兄さんは仕事にかかっていいですよ。おっとその前に、コーヒーがあるとこ教えといてもらおっかな。あっでもいいわ、適当にその辺ひっくり返して探しますから。ほらっ、ボヤッとしてないでお兄さんは仕事仕事、はい！シ・ゴ・ト－！」

彼女はしきりに、お兄さんという言葉を連発した。一人娘で育った彼女の、憧れの言葉なのかもしれない。時計を見ると、十時少し前だった。私は机のパソコンの電源を入れ、洗い物をしている涼子の死角、隣の部屋で素早く着替えをし、仕事にかかった。

一度会社で下調べをしていたので、思ったより早く片付いた。

「紅茶でよかったですか？ブランデー入れましたけど、そっちに持っていきます？」

一段落ついたのがわかったのか、涼子はこちらの部屋の方をのぞき込んでいた。

「いや、そっちに行く」

ソファに腰を下ろすと、紅茶とクッキーを運んできたが、ソファには座らず私の横の床に膝を折って座った。

「なんだ、そんなところに。腰掛けたらいいだろう」

「私、どちらかというと、こうしてペタンと座った方が落ち着くんです。構わないでしょう？」

「そりゃ構わないけど」

涼子は訳もなく嬉しそうに笑う。普段甘い物は滅多に口にしないが、クッキーはなかなか美味しかった。どこで買って来たのか聞くと、涼子はさもおかしそうに笑いながら、

「別に買ってきたんじゃないですよ。そこのサイドボードのところに缶が見えたので、いいん

ですよね」

　そうか、そういえば何かの景品でもらったような……。

「それじゃ、帰るときに持ってってくれないかな。どうせ置いてても食べないから。にしても
かなり効くなこの紅茶、半分以上ブランデーじゃないのか」

　送るつもりでいたので、一口含んだだけでやめた。

「じゃあ、入れ直しますね」

　涼子はそう言って立ち上がり、例の肩をすくめる格好で、小さく舌を出してみせた。

「やれやれ、余程飲んべえに思われてるんだなあ」

　笑いながら言った。時計を見ると、もう十時半を回っている。

「さてと、そろそろ帰らないとな、送ってくよ」

「いえ、まだ荷物の整理があるんでしょ、私、手伝います」

　彼女はどうしても手伝うと言い張ってきかず、とうとうアタッシュケースに荷物を詰めるの
を見届けてから、やっと、それじゃあ、と重い腰を上げた。

　車に乗ってから、二人の言葉は少なくなった。

「そう言えば、涼子ちゃんの髪、大分伸びたね」

　涼子の横顔に目をやりながら言うと、

「ええ、生田さんと最初に会ってから、一度もカットに行ってないんです」

「じゃあ、伸ばすの？」

「願かけ……してるんです。だから願いが叶うか叶わないか、どちらかはっきりするまで伸ばすつもりでいるんです」

「へええ、どんな願かけなんだろう。気になるねえ」

「……」

涼子の学生会館が見えてきた。

十一時の門限に、ようやく間に合ったようだ。

「ありがとうございました。それじゃお休みなさい、お気をつけて」

ハンドルを握っている私の手にそっと触れ、微笑みを残して車から降りた。

私はすぐ車を出した。涼子が触れた手の感触が、いつまでも残っている。

四

千歳に向かって車を走らせていた。

時折、重苦しく垂れこめた雲を切りさくように閃光が光り、不気味にゴロゴロと鳴った。

雨は、まだやってきてはいない。窓を細目に開けると、早朝の冷たい空気が車内に入ってきた。車の数は少なかったが思い切りアクセルを踏みつけ、次々と前の車を追い越した。

空港に着く頃、突如として激しい雨が叩きつけてきた。飛ぶかな……と、ふと考えた。

もし欠航になっても、先方に連絡さえすれば、やむを得ない事情として出発を遅らせればいいのだが、未知のものに向かう空白な気持ちを早く取り除いてしまいたかった。一便でも遅れれば、その分だけ余計なことを考えざるを得ない。

「定刻の予定です」

空港のカウンターでその言葉を聞き、まだ間があったが、出発ロビーに向かった。

雨は一旦小降りになり、また大粒の激しい雨になり、そしてまた小降りにと、それを十分置きくらいにくり返していた。

しかし飛行機は無事、離陸体勢に入った。機体はしばらくの間揺れ続け、胃のあたりがむかついたが、久し振りに早起きしたせいか、目を閉じると急に眠気が襲ってきた。もうろうとした頭の中で、仕事のこと、そして涼子のことを漠然と考えていた。

羽田からモノレールに乗ったが、眠気はまだ続いていた。

シュールの東京本社は、新宿にあった。

新宿の街と人の群れは学生時代、仙台から遊びに来たころと、ほとんど変わっていないような気がする。行き交う人の顔も、あの頃と同じ顔で、ひょっとしたらあの学生の一団の中に私が紛れ込んでいるような気さえする。

シュールの東京本社は、シュール新宿店の隣だったが、店舗に使っているビルに比べると、妙に薄汚れた感じがする。店舗は十数階ある一見してスマートなビルで、細かい凹凸の真っ白い外壁が印象的で、大通りに面しているところは、まるで高級マンションのベランダのように緑色の葉をつけた樹が生い茂り、壁面のアクセントになっている。

約束の時間にはちょっと早すぎたので、一応店舗内部をのぞいてみようと思ったが、開店までにまだ時間があった。私は、すぐ近くの喫茶店に足を向けた。

店は空いていた。カウンターに座りマスターにモーニングセットを頼んだ。さして大きくない喫茶店で、十人ほど座れるカウンターと、入口のデッドスペースに六人掛けのボックスがひとつあるだけだった。

「こっちは暑いですね」

「そうですか、クーラーは入ってるんですけどね」

五十年配のマスターは何を勘違いしたのか、不機嫌な顔でぶっきらぼうに言った。

「いや、そんな意味じゃないんです。東京は暑いという意味で」

「ああ、お客さんどちらから？」

彼はコーヒーを入れながら、こっちも見ずに相変わらずの口調できいた。

「札幌です」

私も、言葉少なに応えた。

「札幌ね……、北海道なら今時期いい気候なんでしょうね。いやあ、うちの妹がこっちで結婚したんですけどね、旦那の転勤でいま函館に行ってるんですよ。涼しくていいって言ってましたよ」

マスターは、少し口元に笑いを見せた。

そのあと二、三話題を変えて話していると、彼もだんだん口が軽くなってきた。カウンターにいた数人の客も帰り、私と彼の二人だけになっていたせいもあった。

彼にシュールについてたずねてみた。

「景気の方はいいみたいですよ。午前中から若い女の子が出入りしているようだし、まあ、それが全部買って帰るわけでもないでしょうけどね。四年前でしたか、それまでは、ほらあの横のビルね、いま事務所にしてるけど、あそこが店だったんですよ。今はそれも買い取って新しい店にして。いやあ大した勢いですよ、一時危なかったときもあったのに」

一緒に外を眺めながら、ビルの壁面から木が突き出している、それについてたずねた。

「ああ、あれね、あれは全部喫茶店なんですよ。全階がいろいろ変わった喫茶店になっていて、気候のいい時期には若い娘が鈴なりになってますよ。時々、今どきの子が下を歩く子たちをひやかしたりして。若い人の待ち合わせに使われてるんじゃないですか。所詮うちとは客層が違いますから、別に影響はないですけど」

最後にひと言そう付け加えたが、確かにこの店は若い子が喜びそうな雰囲気ではない。

喫茶店を出るとシュールの事務所に向かった。午前中だというのに外は夏の暑さで、ムッとするような空気が体を包む。

受付の女性の一人に名刺を差し出し、矢崎専務に面会を求めた。電話のやり取りはすぐに済み、

「正面のエレベーターで、六階でお降りください」

という言葉が返ってきた。

六階に着くとカウンター越しに女性が二人座っていて、エレベーターが開くと同時に二人とも立ち上がり深く頭を下げた。一人が、

「生田様ですね、専務室にご案内いたします、どうぞ」

と言って、笑顔で先に立った。会議室が幾つか並んでいる廊下を通り、専務室に案内された。半円形のデスクの向う側から、その男のにこやかな笑顔が返ってきた。デスク前の応接セットに促され、名刺交換を済ませるとソファに体を沈めた。銀縁眼鏡、きれいに撫でつけられた白髪、人の良さそうな笑い顔。私は、それだけのことを記憶した。

「急にお呼び立てして申し訳ない、思ったよりお若い方なんですね。ちょっとお待ちください。担当者を紹介しますので」

矢崎はデスク上のインターホンに手をかけたが、

「その前に少しお伺いしたいことがあるんですが」

私の問いに彼は手を止め、けげんな表情で見せた。

「確認しておきたいことがあるので、よろしいですか？」

「何だね」

「うちの社長から言われてこちらに伺ったんですが、なぜ私を指名されたのか、もう一点、なぜ大手広告代理店に依頼されないのか、その理由をお伺いしたいのですが」

「そうだね、井沢君には大まかなことは話したんだが。じゃあ、後の方の疑問からお答えしようか。大手代理店を使わないのは、当たり前の話だが、まずは自分のところの利益を第一に考

えることと、手持ちの駒の中で仕事をするのがわかっているからなんだ。私が期待するのは既成概念にとらわれない企画をしてほしいと思ってるんだよ。それも地元優先でね」

「……」

「それと、君に白羽の矢を立てたのは、春先だったかな、ある会合で昔からの知人に会って一緒に食事をしたんだよ。放送局の役員なんだが。その時たまたま同席したのが札幌の放送局の方でね。名前はちょっと忘れたけど、なんて言ったかなあ」

「もしかして、池内部長ですか？」

「ああ、そんな名前だった。で、その方に札幌でフリーの立場で広告プロデュースできる人間はいないかをたずねてみたんだ。まあ、期待はしてなかったんだが、彼は即答で『一人面白いのがいますよ。今は中堅どこの役員をしているものの、実務経験も豊富できっかり仕事するし、発想がユニークな分、周囲とぶつかることもあるけど、私は買ってますよ』そんな話を耳にしてね。聞けば井沢君のところの社員だって言うから、君に賭けてみようと思ったんだ」

彼はもういいと思ったのか、インターホンに手を伸ばした。

「船木君を呼んでくれないか。……、いや、私が呼んでいると言えばわかる。うん、それから生田さんがお見えになっていると付け加えてくれ」

船木という、私と同年輩くらいの男はすぐに現われ、紹介が済むと分厚い封筒を差し出した。

「この中に、出店に関する資料がすべて入っていますので。読んでいただければ大体解ると思います」

それを受け取り、中から書類を取り出しざっと目を通した。カラーコピーされたパース類も何枚か入っている。

「それはうちにとって、現在もっとも重要な書類のひとつだから、他の人間には一切目に触れないように頼むよ。もちろん君んところの社長にも」

十五分ほどかけて全部の書類に目を通すのを見て、矢崎は念を押すように言った。

厳しさが、その表情に見え隠れした。

「たぶんそれだけじゃ、どんなものか解らんだろうし、君の仕事がその中のどれを担当するのか見当がつかないだろう。後は船木君から仕事の役割について具体的な説明があるから。それが終わったら、私が新宿と都内の他の店を一通り案内するよ。君への報酬と、君が抜ける穴埋めの保証金は、すべて君んところの社長に連絡してあるが、その件については、夜にもう一度総務部長を含めて話し合うことにしよう」

彼は部下に対するような口調でそう言い、部屋を出、船木は私と向かい合って座った。

「それでは、書類に目を通していただきながらご説明しましょう」

船木は、テーブルの真ん中にあった卓上ライターを脇に押しやった。

聞けば、今回の出店はかなり急に決まったもので、本来であれば九州の福岡に出店予定だったものが、土地の確保に問題が起き、逆に札幌の話が持ち上がったらしい。工事が進んでいることは耳にしていたが、オープン予定は九月中旬だという。

「随分急だったんですね、この話」

思わず口をはさんだ。

出店規模からすれば、すでに宣伝企画も並行して進められていいはずだ。

「実は、こっちの企画会社が札幌に進出して、常駐者も置くからということで進んでたんですけどね。うちは地場優先主義なので。でも間際になって、ちょっとトラブルが発生しましてね」

そこで船木は急に口をつぐんだ。

「まあ、そういうことで、急に生田さんにお鉢が回ったわけですよ」

詳しいことはいいじゃないか、というようにそう締めくくった。

結局、広告関係の企画資料も引き上げられたので、わずか二ヶ月程で一から企画を立てなければならないことになる。確かに自分では期間が長かろうと短かろうと、これまで仕事に穴を開けたことはなかったが、ちょっと今までとは規模が違った。

私が担当するのは、主にパブリシティも含めて、電波、印刷物のたぐいで、簡単に言えば、広告プロデューサーの役回りだ。

(正味二ヶ月か)

そう思いながら船木の顔を見やると、

「私も一応担当ですから、月に一、二回はそちらに行きますので」

と彼は、私の考えていることを見透かしたように言う。

(キツイな)

漠然とそう思ったが、引き受けざるを得ない状況である。

# 五

昼過ぎ、シュールの何店かを見て回り、夕方矢崎専務と船木，それに総務部長の肩書きを持つ男と四人で会食したが、矢崎は、

「さっき君んところの社長、井沢君と大まかな合意に達したんだが、多少交渉の余地が残っているから、この話は後日にしよう」

と言い出し、単なる顔合わせに終わり、一時間程度でその場から解放された。

ホテルに戻り、ベッドに横になった。

（さてと、二ヶ月か。これじゃコンペをやるには遅過ぎるしな。かといって限定発注するには問題が多いし、ともかくサブに一人付けないと動きようがないよな）

サブについては、食事のとき矢崎専務に一応了承を得たものの、媒体関係の発注については基本的に薄く広くという指示があった。

（とにかく札幌に戻ってからだ、といっても明日は土曜日か）

月曜にならないと仕事は動かない。焦っても仕方ないさと言いきかせ、思い出して携帯のアドレス帳を開いた。

「はい、制作二部です！」

携帯電話が通じなかったので会社に電話すると、威勢のいい若い女の声が飛び込んできた。

「新庄さんはいらっしゃいますか?」

「はい、いらっしゃいますよ、一人なら」

やけに親しげに、声が笑っている。

「はい、新庄です」

「しばらく、生田だけど」

「はいっ?」

「あの、失礼ですが、福岡支社に居たことのある新庄さんじゃないですか?」

「はい、そうですが」

(人違いかな?)

しかし、声はよく似ている。

「札幌の生田と申しますが」

「なんだ、生田か、気取った声出すなよ」

「……?」

「今どこに居るんだ?」

彼は、私が電話をすると必ず最初にこれを聞いてくる。

「東京、渋谷のホテル」

「そうか、いつ出てきたんだ?」

「今朝早く、もう仕事は終わったんだ」

「そうか、じゃあ一杯やろうぜ。オレも今スタジオから戻ってきて帰るところだったんだ。暇なんだろう?」

ホテルの名前を言って電話を切った。

三十分後にロビーで、ということになった。時計を見ると、八時ちょうど。

新庄は、私が三年で辞めたレコード会社に同期で入社した、私にとって唯一の友達らしい友達だった。彼も入社と同時に福岡支社に配属され、同じ営業課にいて、住んでいた所も近かったので、よく一緒に酒を飲んだりしたものである。

しかし、彼は自分の夢をつらぬき通した。私が東京本社の経理に転属する前日、

『がんばろうぜ、オレもお前もディレクターになってさ、一緒に仕事でもできたら最高だぜ、なあ、やろうぜ』

飲みながら、私の肩を何度も叩いたことを思い出した。彼はそのまま福岡支社に五年いて、宣伝部を経て、今は制作ディレクターとして仕事をしている。夢が実現したのである。

八時半にロビーに下りて行くと、新庄はもう来ていた。

一緒に、快活そうな小柄な女性もそこに座っていた。彼はその女性を、

「幸恵《さちえ》ちゃんといって、同じセクションの娘なんだ、通称サッチ」

彼は、私のことも簡単に紹介すると、

「オレ達、晩飯まだだから、飯食えるところでもいいかな」

そう言ってタクシーを拾った。車は新宿に着いたが、金曜日の夜とあって、道路からはみ出

すほどの人の流れだ。三人は小さな居酒屋に入り、先客が帰るのを立って待ち、ようやく四人掛けの席に座ることができた。

「すまんな、こんなところで。いつもは空いてるんだが、今日は金曜だからな」

彼はそう言いながら、お絞りで額の汗を拭った。

「サッチ、改めて紹介するよ。こいつはオレと同期入社で、いま札幌の広告会社の偉いさんなんだよ」

「いや、そんな大げさなものじゃ」

「それでさ、福岡支社に新入りのオレ達二人が行った時さ、古株の連中が『新庄君と生田君か、頭を取ると〈新生〉ってわけか、縁起のいい二人が入ってきたな』なんておちょくられたりしてさ。文句言い言い、毎晩のように一緒に飲んだもんさ、なあ」

彼は私の言葉を無視して、ビールで喉を潤しながらしばらくの間一人でしゃべりまくった。少し間があったとき、サッチと呼ばれたショートカットのその女性は、

「先ほどは、お電話で失礼しました」

と、軽く頭を下げた。

（電話？ああ……）

「そうそう、こいつさ。お前のこと、レコーディングしてたスタジオのオペレーターと間違えてやんの。そんでオレも生田って言われてもピンとこなくってさ」

「だって、声が似てたんだもん」

彼女は肩をすくめ、小さい体を余計小さくして笑いながら言った。

「いくら似てたってさ、一応確認するのが常識ってもんだろう？」

「だって」

「だってじゃない。ごめんなさいは？」

「はい、ごめんなさい」

彼女は、あどけない顔をさらに子供っぽくしてペコンと頭を下げた。

「実はさ、今日サッチを連れて来たのは」

そう言って新庄は、茶色に染めている髪に手をやりながら、私の方に顔を近づけた。

「お前だから言うんだけど、オレ達一緒に暮らしてんだ、半年前から」

彼女はいきなり、新庄の脇腹に肘鉄をくらわせ、彼の顔をにらんだ。

「いいじゃん、どうせ結婚するんだし、生田は友達なんだから。というわけで、オレの未来の奥さんをお前に紹介したくて連れて来たってわけさ」

彼は、嬉しそうに言った。

「よ、よろしくお願いします」

彼女は恥ずかしそうに私の方を見ながらペコンと頭を下げた。可愛い女性だ。

ふと涼子の顔を思い浮かべた。

「こいつさ、子供っぽく見えるけど、いくつだと思う？」

「やめてよ」

新庄の言葉に、彼女はまたその脇腹を小突いた。

「二十六なんだ。若作りしてるけどさ」

彼は構わずにそう続け、彼女と笑いながら顔を見合わせた。

（どう見ても十八、九か、高校生みたいな雰囲気だな。しかし案外、似合いのカップルかもしれないな）

と、私もつられて笑いながらその様子を眺めていた。

「今回は仕事か？」

新庄が話題を変えた。

「ああ、ちょっとね。そっちはどうだい、忙しいのか？」

自分の仕事の話は避けて通りたかったので、そうきいた。

「うーん、今レコーディング、アルバムなんだけどさ。それを抱えてるからちょっと忙しいかな。暇なときは、暇で仕方ないんだけどな」

顔つきがイキイキしている。

「ところで、生田は知らないと思うけど、札幌に飛行機雲っていう、ちょっと気になるインディーズバンドがあるって聞いたんだが」

また涼子の顔が思い浮かんだ。

「ああ、知ってるよ」

彼の顔は仕事のそれに変わった。

「聴いたことは？」

「ああ、あるよ。一度だけ」

「それで、どうだった？」

「どうって？悪くなかったよ」

「その程度か？」

「ん？どうして？」

彼がなぜそうこだわるのか、逆にきき返した。

「この前、札幌でオリフェスがあったろう？」

（あの話が東京まで伝わってたのか）

「まあ、よくあるケースなんだが、聞くところによるとその飛行機雲っていうグループがダントツだったたって話を札幌支社の若いヤツから聞いてさ。一度オレも、聴いてみたいと思ってて。お前、彼らの素材とか手に入らないか？ネットじゃ見つからなくてさ」

彼の意気込みを感じたが、

「その札幌支社のヤツを通じればいいだろう？」

と、当り前のつもりで言ったが、

「冷たいなあ、お前。知ってるだろう？表立って声かけちゃうと本人たちに期待持たせちゃうってこと。よくアッチコッチ声だけかけて、そのままってヤツもいるけどさ。オレ嫌いなんだああいうの」

彼の性格からすればそうかもしれない、と私は納得した。

「実際、放送局の連中にしても、そういうのがいるし」

彼は、追い討ちをかけるように言う。

（涼子に言えば何とかなるかな？）

そう思い、期限を定めずにそれを了承した。

店を出てから三人でスナックに行き、それで別れた。

別れ際、新庄は、

「狭いけど泊まってかないか、ホテルなんかキャンセルしてさ」

と強く誘ったが、またの機会にということでタクシーに乗り込んだ。

# 第三章　無謀な企画

## 一

翌朝、早目にチェックアウトし、予約していた便をキャンセルして午前の便に乗り込んだ。

千歳空港から真っ直ぐ社の方に行くと、羽田から連絡を入れておいたので社長の井沢が待機していた。社長室の応接セットに座ると、

「お疲れさん、それで?」

と、すぐに様子を聞いてきた。仕事の大まかな内容と、サブに一人付けることを話したが、考えてみるとそれ以上の話はなかった。

「それで、その関係の資料は?送ってくるのか?」

「今、車の中に入ってますが」

「なあんだ、ちょっと持ってきてくれ」

「いや、あれは一応フリーの立場で私が預かってるものですから、お見せするわけにはいかないんです。私も細かいところまでは読んでないんですが、もし解る範囲のことがあれば、口頭でお話ししますが」

井沢は、不満げな眼差しを私に向けた。

「社長の私にも見せられんというわけか」

彼は、乗り出していた体をソファに沈めた。

「矢崎専務から、そのことで連絡きてませんでしたか？」

彼は視線をそらし、

「いや、言ってたよ。君はあくまでもフリーの立場で動くから、マル秘情報もあるという話は聞いとるよ」

資料の中には出展に関わる費用や、大まかな宣伝費の予算も組まれていた。しかし、その部分には、確か特秘事項としての印が押されていたはずだった。

「もし矢崎専務からその了承がいただければ、もちろんお見せします。しかし、それなしに見たいというのであれば、今回の話は無かったことにしてください」

「いや、そこまでして、何も見ようとは思ってないよ。ところで、サブには誰を付けるんだ？」

彼は、話題を別な方向に向けた。

「それはまだ考えてません」

そう答えると、彼は再び身を乗り出し、

「社内の人間でもいいんだろう？うちの」

「どうでしょうね。サブといっても、どちらかというとデスクワークが主になりますから、業界に通じていて、それなりに頭が切れれば、女性でも構わないと思ってるんですが」

「……」

「あと、事務所をどうしようかと。専務の話だと、シュールの札幌事務所ができるのは開店一ヶ月前なので、それまでは基本的に東京本社で準備する方が都合いいらしいので」

「何も高い家賃ださなくても、ここでもいいじゃないか」

「いや、今までと同じデスクに居るのはまずい、というお話でしたから」

「そうじゃなくて、ここだよ、ここ」

井沢は、社長室をぐるっと見回した。

「この社長室を、ですか？」

「そうさ、ここなら誰にも邪魔されないで、打ち合わせだって何だってできるだろう」

確かにこの社長室は、社内といっても完全に別室になっており、衝立で仕切られているわけでもなく、話し声も完全にシャットアウトできる。それに応接セットを少し移動すれば、机の一つや二つ楽に入る。

「でも、社長はどうするんですか？」

「私はその間、君が座っていたデスクに移るよ。その方がお互いに何かと便利だろう」

井沢はそう言い、電話を取った。

矢崎専務にである。

「いや大丈夫ですよ、完全に別室になってますし、それに電話の回線も空いてるのがありますからね。……、ええ、明日からでも仕事にかかれますし、……、いや家賃なんて、そんな気にすることはないですよ、……そうですか？それは、じゃあ、また月曜日にでも」

井沢は電話を切ると、小さくうなずき、目を私に向けた。

彼にしてみれば、私の動きを監視し、その上『こんな広い部屋、必要ないんだがな』と常々言っていた社長室から家賃も取れる。一石二鳥というわけだ。

「一応了承は取れたから。そうだな、今日のうちにやってしまおうか、いる連中で」

気が変わらないうちにというつもりか、社長室を出ると、今日来ている社員に声をかけた。

結局、社長室に私の書類を移動し、井沢のデスクをそのまま使うことになり、会議用の長テーブル二本と、使用していない事務机が運び込まれた。井沢は、逆に私が使っていたデスクに移ったが、一度座ってみて、これじゃ格好がつかないと思ったのか、

「私がこの席じゃ、みんな煙ったいだろうから」

と言って、再びデスクの移動を指示した。

社内の連中はふてくされた顔をしながら、その指示に従って移動を開始した。

土曜日といえば、一応半数が出勤して来るもののそれほど電話も鳴らないし、大した仕事もせず、十二時になれば一斉に帰ってしまう日だ。移動が完了し、

「よし、これでいい。みんなもう帰っていいぞ」

と井沢が声をかけたときは、すでに一時を回っていた。

「昼飯でも一緒にどうだ」

という彼の誘いを断って、私は事務所を出たが、さしてすることもなく、場外馬券売場で馬券を買ってから一人で昼飯を食べた。

その間、涼子に二、三度電話を入れたが電源が入っていないのか通じなかった。

駐車場から車を出したものの、そのまま部屋に帰る気もなく、今後の仕事の段取りをあれこれ考えながら運転して、マンションに帰ったのは六時頃だった。

部屋に入ると同時に、涼子から電話が入った。

「いまマンション向かいの喫茶店なんですけど、ちょっと来てもらえますか?」

ネクタイを取り、ジャケットに着替えて急いで部屋を出た。

喫茶店に入ると、その奥から突然にぎやかな女性の笑い声が聞こえてきた。

見ると、涼子の他に、三人の女性が私の方を笑いながら見ている。以前、彼女の学祭で紹介された中の三人だ。

「お帰りなさい」

涼子が笑顔で、まず声をかけてきた。

「こんにちは」

他の女性が続けて言う。

「どうも」

四人掛けの席だったので、店のマスターが隣のボックスから椅子を持って来てくれた。それに座って四人の顔を見回し、

「どうしたんだい?みんな揃って、さっき電話したけど……」

そこで言葉を濁したが、聞くとサプライズで先日私のために予定していた誕生パーティーを、

料理も用意して、私の部屋でやろうと待ちかまえていたという。

断ることもできず、仕方なしに四人を自分の部屋に案内した。

「すごい、素敵な部屋」

「わあ、思ったより広いんだ」

「私もこんな部屋で暮らしたいな」

彼女らは口々にそう言い、私の誕生パーティーの用意をし始めた。

別にすることもなく、例の書類を机の上に拡げた。

一時間も経たないうちに、何やらいい匂いがし始めた。間もなく、涼子が呼びに来た。

見ると、テーブルの上の土鍋は、すでに湯気を立てている。

「お肉でも焼こうと思ったんですけど、部屋に匂いが残ったりしたら困ると思って。まず、これじゃ雰囲気が出ないから、カーテン全部閉めちゃってくれる?ミー」

夜七時になっても、夏の陽ざしがまだ部屋に射し込んできている。涼子はそう言って、ローソクを立てた大きなケーキを私の目の前に置き、それに火をつけた。

「ハッピバースデーイトゥーユー……」

涼子に促され、ローソクの火を吹き消した。

(二十年振りくらいかな、こんな雰囲気)

四人の拍手に照れ笑いを浮かべながら、遠い昔を思い出していた。

その夜、いつもは静かな部屋に、若い女性の笑い声が絶え間なく続いていた。

女子大生の会話に興味はなかったが、彼女たちの屈託のない笑い顔とその声は、私の心を軽くするようだった。

時折、涼子と視線が合ったが、その度に彼女は目で笑っていた。

みんなの会話が途切れたとき、何気なく、

「そう言えば、シュールっていうメーカー知ってるかい？」

と、誰に言うともなしにきいてみた。

「知ってるわ、ねえ？」

一人がそう言い、四人全員が顔を見合わせてうなずいた。

「もうすぐ札幌にもお店できるんじゃなかった？」

「うん、知ってる知ってる。この春まで駐車場だったところでしょう、確か」

「札幌駅から、少し南に行ったとこでしょう？塀で囲って工事中の看板が出てたよ」

「えっ？どこ？」

「ほら、あのさあ、ええとね」

一人が、きれいに片付けられたテーブルの上に、指で地図を書いて説明した。

「でも、あそこの服って、なんか子供っぽくない？」

「そう？高校生とかヤンママも買ってたよ。中には中学生もいるだろうけど」

「ミー、どうして知ってるの？」

「私ね、東京に遊びに行ったら必ずシュールに寄るの。案外安いのあの店。それに、こんなの着る人いるのかなって思うような面白いデザインのもあるから、見てるだけでも結構楽しいの」

私のひと言から、会話はまた彼女たちだけのものになった。

(しかし、思ったより知られてるようだ)

彼女たちのシュールに対するイメージを自分にインプットしていた。

「どうしてシュールのこと、知ってるんですか？」

涼子は、黙って聞いている私の方に目を移した。

「今回、東京でその店に寄ってみたから、思い出してね」

「仕事で？」

「いや、仕事っていうわけでもないんだが」

言葉を濁した。

(そう言えば……)

と、思い出した。矢崎専務に何店か案内され、シュールの雰囲気を見て回ったが、その後、一人で新宿店に寄ったとき、涼子への土産のつもりで、それこそ変わったデザインのワンピースを一着買って来ていたのだ。彼女のサイズなんてまるで見当がつかなかったが〝フリーサイズ〟の表示がしてあった。

(今日はまずいから、後日だな)

そう思いながら涼子の横顔に目をやった。

「飛行機雲が今月の何曜日だったかな、サマーライブするらしいよ」

私の耳に、新しい話題が飛び込んできた。

東京で会ってきたばかりの、新庄の言葉を思い出していた。

「みんなで行こっか?」

「そうね、生田さんも一緒に行きませんか?」

ミーという色白の女の子が、私に言った。

(約束を果たすチャンスかな?)

「じゃあ、ケイにチケット頼んでおこうか」

私がうなずくのを待って、一人が言う。

「彼女、あてにならないよ。今日だって彼氏とデートでしょう?いま夢中みたいだから、約束しても忘れちゃうかもよ」

少し恨みがましい口調に、

「じゃあ、私頼んどく」

と涼子が言う。

「誰に?」

「田所さんに」

「涼子はやめといたら?」

一人が、涼子に向かって言った。

「どうして?」

「だって、ねえ？」

彼女は、他の二人の顔に目をやった。

「どうしてよ？」

涼子が、重ねてきく。

「涼子は変なとこ鈍いんだから。シュウちゃん、涼子のこと好きみたいよ」

「うそ!変なこと言わないで」

「ホントよ。メンバーの一人から聞いたわ。涼子、あなたオリフェス打上げの後、最後まで彼に付き合ったでしょう」

彼女に最初に会った夜のことらしい。

「あれは、みんな逃げちゃったから」

「まあ、理由はともかく、あれ以来みたいよ」

涼子は、チラッと私の顔を見た。

「あっ、ごめんなさい。生田さんの前でこんな話」

言い出した彼女は、ペコンと頭を下げた。

「私が話しとくわ、メンバーの誰かに頼めばすぐ手に入るから」

別の一人がそう言って、その場はそれでおさまった。

その夜は、聞き役に回っていたせいか、思ったより早いピッチで飲み、車で送って行ける状態ではなかった。

彼女たちは十時過ぎ、地下鉄で帰って行った。

帰り際、涼子は、

「じゃ、明日また電話しますから」

と言い残して、最後にドアを閉めた。

二

翌、日曜日、イベントの仕事でも入っていない限り昼過ぎまで寝ている私は、十一時頃、まだベッドの中でウトウトしていた。

玄関のチャイムが鳴った。

（また何かのセールスだろう）

知らん振りを決め込んだ。

またチャイムが鳴った。

今度は何かのリズムを打つように鳴り始めた。

布団にもぐり込んだが、一向に鳴りやむ様子はない。

仕方なしにガウンを羽織り、インターホンの受話器を取った。

「はい」

我ながら、不機嫌な寝起きの声だった。

「私、涼子です」

小声だが、明るい響きが電話越しに聞こえた。

「ああ涼子ちゃん、一人?」

「そうです」

受話器を戻し、ドアを細目に開けた。

「おはようございます。またまたサプライズでメイドがやってまいりました」

笑顔の涼子が、そこに立っていた。

「どうしたんだ、こんなに早く。電話するって言ってただろう?」

「早くないわよ、ちっとも。それに電話するより先に体がここまで来ちゃったんです」

「……まあ入って」

玄関口で話していても仕方なかった。

「昨夜、洗い物は終わったけど掃除できなかったから、今のうちに済ませちゃおうと思って」

彼女は持ってきていた紙袋をキッチンに置き、振り返りながら言う。

「まだ寝ててください。掃除が済んだら起こしますから」

私は間仕切りのアコーディオンカーテンを閉め、もう一度ベッドに横になった。

(男の部屋に一人で、それも寝ているところに、普通だったら)

普通だったら、全てを許してもいいという意志表示ではないかと思ったが、涼子からはそんな雰囲気は感じられない。余りにもあどけない無防備さの中に、なぜか見えない壁のようなものが存在している。

昨夜、友達の一人が会話の中で言った言葉を思い出していた。

『涼子はまだネンネだからね』

その言葉に涼子は、

『ネンネって何のこと?』

『だからネンネなのよ。でも意外と生田さんと、もうあったりして』

ベッド横の壁の模様を見つめた。

何かが違っていた。確かに、何かが違っていた。

学生時代を含めて、私の前を通り過ぎて行った何人かの女の顔を思い出した。もう顔すら思い出せない女もいる。

きつく目を閉じると涼子の笑顔が見えた。

「さあ、起きてくださーい。いつまで寝てるんですか?」

しばらくして、涼子の声が聞こえた。

「食事の用意ができましたので、どうぞ」

彼女はアコーディオンカーテンの透き間から顔をのぞかせて言う。

着替えを終え、それを開け放して出て行くと、昨夜も使った黒いテーブルには白いレースのテーブルセンターが置かれ、その上に透明なカバーがかけられていて、すでに朝食の用意が整っている。

「お口に合うかどうかわかりませんが、お召し上がりください」

涼子は厚焼きトーストにバターを塗り終えて言った。

ポタージュにサラダ、ハンバーグにスクランブルエッグ、それにフルーツポンチ風の果物の盛り合わせがガラスの器に入っている。

「すごいねえ、涼子ちゃん、これ全部作ったの？」

「すごいって言っても、作ったものは大してないんです」

彼女は、はにかみながら言う。

味は抜群だった。シェフを務める父親譲りなのかもしれない。

「ところで昨日話に出てたシュウちゃんって、あの田所修君のことだろう？」

何気なくきいた。

「そうです、でもあんな話、嘘ですから」

彼女は目をそらし、そう否定した。

「もし本当だったら？」

「私、興味ないですから、だって」

彼女はムキになっていた。

「……」

「それより、昨日どうしてシュールの話をしたんですか？」

彼女は、意識的に話題を変えた。

「ああ実はね、シュールのことで東京に行って来たんだ。あっそうだ、忘れてた」

土産を思い出し、奥の部屋から紙袋を持ってきて彼女に渡した。

「えーっ、私に?お土産ですか?ホントにー?」

涼子の目が輝いた。

それを手に取り、怖い物でも見るように恐るおそる袋の上の隙き間から中をのぞき込んだ。

「何ですか、これ」

嬉しそうな顔を私に向けてきた。

「開けてみればわかるだろう?」

「だって……、えー?なんだろう」

「何なのかを言ったって、開けてみたら同じだろう」

「そうですよね」

涼子はようやく袋からそれを取り出した。

「えーっ何ですか、これ」

まだ言っている。

「見りゃわかるだろう、服だよ」

「えーっいいんですか?なんか高そう」

「そうでもないよ。例のシュールで買って来たんだから」

「でも……」

彼女はそう言いながらも、両手でワンピースの肩をつまんで立ち上がり、自分の体に合わせて私の方を見た。

「似合います?」

「さあ、どうかな。今度着てきたら?」

「はい、でも……。どうせだからいま着てみます。向こうの方、借りていいですか?」

返事を待たずにベッドのある方に行き、アコーディオンカーテンを閉めた。

(男の部屋で着替えることに、何の抵抗も不安もないのだろうか)

間もなく、アコーディオンカーテンの開く音がした。

レモンイエローのワンピースを着た涼子が姿を見せた。

上はシンプルなデザインだが、スカート部分は膝丈でたっぷりフレアが入っており、襟はスタンドカラーになっている。

シュールでマネキンが着ていたときは、

(フリーサイズだし、いつも短いスカートは履いてないから長目の方が無難だろう)

などと曖昧に選んだものだが、スリムな彼女が着ると、それは思った以上に似合っている。

「どうですか?」

モデルか何かのように、私の目の前でクルリと回ってみせた。

「うん、いいね。なかなか似合ってるよ」

「そうですか?こんな感じのワンピース初めてだから」

そう言いながら、玄関に通じるドアの横に立て掛けてある、大きな鏡の前に行った。

「ああステキ！イイ感じ、すっごい似合ってるー」

満面の笑みで鏡の前でポーズをとり、私の横に来てそのスカートをきれいに広げて座った。

「生田さん、ありがとうございます。とっても気に入りました」

「いや、喜んでもらえたら嬉しいよ。昨日渡そうと思ったんだけど、みんなの前じゃね」

「ええ、でも明日見せびらかしちゃおっかな。でも普段に着るのはもったいない気がするし」

「そんなことないよ。普段に着たらいいよ」

「じゃあこうします。生田さんと今度デートするとき着て行きます」

子供のように目を輝かせる涼子に、笑いながらうなずくと、

「てことで、今日出掛けませんか、これから。私これ着て行きますから」

さらにキラキラと、目を輝かせた。

「駄目……ですか？」

考える仕草を見せた私に、彼女は声を落とした。

「今日中にやっておかなきゃいけない仕事があるんだ」

「そうですか……、わかりました。それじゃ着替えてきます」

気を取り直したように笑顔で立ち上がると、またアコーディオンカーテンを閉めた。

洗い物をし始めたので、私はＰＣを立ち上げ、机の上に置いてあったシュールに関する書類を隣の大きなサイドテーブルに移し、仕事を開始した。とりあえずは広告代理店やデザイナー、

カメラマン他、共通に渡せる資料の作成だ。機密事項も載っているこの書類を、適当にコピーして渡すわけにはいかなかった。

(サブに誰が付くにしろ、この資料をすべて見せるのもなあ)

基本プランと、もう少し詳しい、それの二種類作ることにした。

洗い物を終えた涼子は、黙って私の横に座り、キイを叩く手元を見つめている。

基本的なコンセプトは大体まとまり、媒体計画や大まかな予算組みは終わった。

(コピーは任せるとして、切り口をどこに持っていこうか……、それと、難しいのは色だな)

そう思い、店舗の外観と内部彩色パースをテーブルの上に何枚か拡げた。

涼子は伸び上がるような格好でそれを見、何か言いかけてやめた。

「んっ?」

涼子の顔を見た。

彼女は笑顔で首を振り、伸び上がった体を元に戻した。

「どうした?」

何か言いかけた表情が気になった。

「あの、これ、もしかしてシュールの新しいお店ですか?」

「そうだけど、どうして?」

「言っていいのかな、こんなこと」

「……?」

「ちょっと安っぽいかなって思って」

そのパースには、白い城の形をした外観が描かれており、ダークレッドの旗が何本か突き出している。店舗内部も同じように、白と赤を基調にし、それに淡い緑が加わっている。

「しかし、これが素材みたいなものだからね」

私も最初見たときからそんな印象があったが、これをベースに考えなくてはならない。

「いま、お城の形の建物って多いじゃないですか。ディズニーランドもそうですけど。こっちでもリゾート施設とか、それにモーテルとか」

涼子の口から、意外な言葉が発せられた。

「モーテル、行ったことあるの？」

「ないです、ないです、そんなとこ。でも建物なんかは見たことあります」

顔を赤らめてそう言い、また真剣な顔でパースに見入っている。

「んー、問題は色ですね。あの場所だと、そんなに大きな建物じゃないですよね、このお店」

「……」

「だから、余計モーテルっぽくなっちゃうんじゃないかな、この色だと」

街のど真ん中にあるわけだから、まさかモーテルと勘違いする客はいないだろうが、妙に軽い印象は拭いきれない。

「それに、シュールのイメージとはちょっと違うような。あっ、私ったら、ごめんなさい。余計なこと言って」

彼女は私の視線に気がついて首をすくめたが、別に非難の色を浮かべていたわけではなかった。

「構わないよ、それで？」

そういえば、涼子は芸術学科で美術を専攻し、カラーコーディネーターの資格も持っていて、店舗デザインにも知識があるという話を思い出していた。

「はい、だから、どうせならダークな目立たない色の方がいいかと」

「目立たない色？」

「ええ、駅前のあの場所、ちょっと外れてるけど割と派手ですよね、周りが。だからもっとトーンを落とした方が逆に目立つし、安っぽい感じじゃなくなると思うんです」

「それは言えてるな」

「シュールの商品って、私そんなにたくさん見てませんけど、目立たない中にどこか変わってるところがあるでしょう？だからそのイメージを生かしたらどうかと思います」

私の同意に、彼女は勢いづいて続けた。

「しかし、今さら設計変更はできないし」

「そうですよね、ごめんなさい。やっぱり余計なこと言っちゃったみたいですね。コーヒー入れてきます」

そう言って立ち上がった。

（当たってるよな。広告のたぐいも少し渋目にしようと思ってたんだが、店の雰囲気とケンカ

するし）

両手を頭の後ろに当て、そのままの格好で床の上に寝転んで天井を見上げた。

与えられた範囲内で最良の仕事を、を基本原則に、私はこれまでスポンサーの意図を巧みに読んで企画を立て、それで仕事を動かしてきていた。

しかし、なぜか今回は思い通りにやってみたい気持ちが強かった。

同時に、それを通すには、今回の相手が大き過ぎるような気もしていた。

目を閉じて頭の中を整理してみた。

（やってみるか。この仕事から外されてもいいじゃないか。フリーの立場なんだから）

心は決まった。

勢いよく起き上がったとき、涼子がコーヒーをテーブルの上に置いて座った。

「涼子ちゃんの考えを、もう少し聞かせてくれないか？」

思わず知らず仕事の口調になっていた。

涼子は、一瞬目を丸くした。

その日は、一日中部屋に閉じこもった。

彼女は近くの大きな文具店に行き、トレースの道具やパースを描くための材料を買い込んで来た。

「学校に行けば、パソコンソフトを使えるんだけど、今日は日曜だから」

彼女はそう言い訳しつつ、食卓テーブルにそれらを広げた。

私はシュールから預かってきた設計図を、その横に拡げてみた。

設計を無駄にしないためかどうか、福岡の店舗と同じ建物を札幌にも建てるという話だった。

だが、見ると、札幌の土地はかなり広かったのか、建物の四方にゆとりを取っている。芝生を植え、夏はそこで休めるようになっているらしい。しかし、外から丸見えのこの場所でくつろげるはずはなく、ここは完全に無駄なスペースになるだろう。

(思い切って、建物の周りに高い塀を巡らしてはどうだろう)

涼子にそれを話すと、

「それいいですね、牢獄みたいで」

と冗談混じりに、笑いながら同意した。

二人のイメージが一致した。

グレーと彩度の低いブルーを基調に、必要に応じてロイヤルレッドを使うことになった。

涼子は、鉛筆で外観パースと内部の一枚をトレースし、外観の方には角ばったCの字型に塀を書き加えた。

完全に閉鎖的な店舗だが、建物を取り巻くスペースにはロードヒーティングで道を作り、塀側の土の部分には樹木を植える。そうすることで冬、窓からは雪景色が見えることになり、クリスマスが近づいたらイルミネーションで飾ることもできるのではないか、そんな情景が想像できた。

さらに大きな門扉が内開きの状態で書き加えられた。開いていると、ちょうどフリースペースとの間仕切りみたいな格好になる。

涼子は、私が持っていた色見本を片手にイメージを固めつつあった。父親譲りの『できれば画家になるのが夢だったの』と言っていたセンスがひらめきを生んでいく。

宣伝計画も、練り直しだ。

電波予算の中に、イメージソングの制作も書き加えた。

総体予算の中では、微々たるものだ。

デザイン、コピーのコンセプトも、涼子が彩色を始めたパースに見合う閉鎖的、神秘的、秘密主義的な要素に書き換えた。

ダメで元々の考えが、私を大胆にさせた。

涼子が彩色を施している間、ＰＣに指を走らせた。

まずシュールの上層部を説得しなければならない。

矢崎専務、そして船木の驚く顔が目に浮かんだ。

設計事務所やゼネコンは、彼らが説得してくれればいい。

（降りればいいんだ、そう、頭ごなしに否定されたら降りればいいんだ、この仕事から）

変更出来なければ、普通に仕事をこなす自信もあった。

当初、予算規模に圧倒されていた私だったが、これをきっかけに桁が違うだけで、考えることもやることも大した相違がないことに気がついた。

（サブには、飛田を据えよう）

迷ってはいたが、コンセプトに添った基本デザインは彼に任せようと決めた。

会社ではいつも佐々木に遠慮している感じだったが、センスは悪くない。ただ、クライアントや営業の意見のままにデザインを起こす悪い癖があった。だからもしこの企画が通って仕事をやりこなせば、自信が彼を大きくするはずだ。

夜十時過ぎ、ようやく涼子と私の作業が終わった。

「それで、あれ、どうするんですか？」

送って行く車の中で、涼子がたずねた。

「持って行ってくる、明日」

「どこに？」

「シュールの本社」

「じゃあ、また東京ですか？」

「そうしないと始まらないからね。涼子ちゃんの努力も無駄になるし」

「それで仕事、ダメになったりしません？」

「さあ、そうなるかもしれない」

「私が余計なこと言ったから？」

「そんなことないさ、僕が内心考えていたことと一致しただけさ」

「ホントに？」

「ああ」

「ひと言いいですか？お仕事のことじゃないんですけど」

涼子はしごく真剣な目で私を見つめて言った。

「……？」

「私のこと、涼子ちゃんと呼ぶのやめてもらえますか？子供扱いされているようで」

「じゃあ、なんて呼べばいいの？」

「涼子でいいです、呼び捨てで。いいですか？」

「わかった、じゃあ、今日はいろいろありがとう、涼子」

彼女は笑顔で、また軽く私の手に触れてから、車を降りた。

三

翌日、朝一番の飛行機に乗り込んだ。

店は十時からだが、事務所はその前に開いているはずだ。

羽田から、社長の井沢に電話を入れた。

『今、羽田に着いた』と言うと、彼は驚いてその理由をたずねた。『企画ができた』に付け加えて、簡単に他の理由を説明すると、

「やめとけ！お前この仕事、オジャンにするつもりか。勝手な真似するな」

と電話の向こうで叫んでいる。

（あれで血圧が上がらなきゃいいけど）

そう思いながら、まだ大声が続いている電話を切った。

九時にシュールの本社に着いた。

矢崎専務はまだ来ていなかったが、船木はすでに出社していた。

「もう企画が固まったんですか、さすがですね」

彼の顔に、どうせやっつけだろう、という本心が読み取れた。

企画書に目を通そうとした船木に、

「矢崎専務がお出でになってから」

と言って、それを押しとどめた。

彼は不満げな表情で、応接室を出て行った。

また一人、敵を作ってしまったのかもしれない。

九時半過ぎ、矢崎がにこやかな表情で現われた。

船木は『ちょっと電話一本入れてから』と言って、矢崎を案内して来ただけで部屋を出て行った。

事務の女性が、コーヒーを置いて出て行った。

企画書を手渡した。

矢崎は少し読んでから、上目遣いに私の顔を見た。

企画書とは別に、涼子と作り上げたパースを、テーブルの上に、彼がよく見えるようにして置いた。

（さて、やることはやったけど、この仕事はこれで終わりかな）

通るはずのない企画の提出だったが、不思議に、安堵感が沸いてきている。

矢崎が企画書を読み終えたとき、船木が応接室に入って来た。

「船木君、社長はもう来てるかな？」

矢崎の言葉に、

「もうみえてる頃かと思いますが」

船木は、テーブルの上のパースに目をやりながら応えた。

「それじゃ、今から緊急役員会議を開きたいと言ってきてくれ。私からだと言ってな。それから、社長の都合がついたら来てる役員に全員招集をかけてくれ。もし予定が入っていたら、遅らせるかキャンセルするように」

船木は、驚いた表情で出て行った。

「どうしてここまでやってしまったんだ？」

矢崎は、笑みを見せながら言う。

「はあ？」

何とも間の抜けた答え方をしていた。

「君も損な男だな。はいはいと言ってれば、それで済んだものを」

「こんなやり方しかできないものですから」

「まあいいさ、私も若いときはそうだった」

「……」

「この企画、面白いが危険も大きい。それにもう走り出して終点近くだからなあ、誰も途中下車はしたがらないと思うよ。到着が遅れたらペナルティものだからね」

「矢崎専務は、どうお考えなんですか？」

「私か、私の考えは問題じゃない、多数決だからね。会社運営は民主的にやらないとね。もうワンマンは流行らないよ」

彼自身はどう思っているのか、何とも読みとれなかった。

船木が入って来た。

「社長は大丈夫です。他の役員もほぼ全員揃うそうです」

「時間は？」

「五分後ということで、もうすぐ始められると思います」

「わかった、すぐ行く」

船木が出て行くと、

「さあ、行こうか」

と、私を見て立ち上がった。

「えっ？私もですか？」

「もちろん。これは君の企画だ。君が説明するしかないだろう」

私はうなずいて立ち上がり、部屋を出ると矢崎の後に続いた。

エレベーターに乗り七階で降りると、その階の廊下は厚手のカーペットが敷きつめられている。

社長室と表示されている重厚なドアの前を過ぎると、役員会議室のドアが待ち受けていた。

会議室には、すでに癖のありそうな個性的な面々が揃っている。

窓を背に、全員を見渡せる位置に座っているのが社長らしい。

矢崎は、その社長らしい男の横に座った。

船木に促され、その男の真向かいに腰を下ろした。

逆光で顔ははっきりとは見えないが、銀縁の眼鏡をかけ、矢崎とよく似た風貌だ。

二人の男が続いて席についた。

「全員揃いましたので、始めてください」

横に座っていた船木が、立ち上がって言った。

沈黙があった。

ほぼ全員が、私を注視しているように思われる。

気後れしている自分を感じていた。

「じゃあ、私から紹介しましょう」

矢崎が立ち上がり、私にも立ち上がるように手で示した。

「こちらは、今回の札幌出店にあたり、急きょ宣伝関係のプロデューサーとしてやっていただだくことになった生田さんです」

私は誰にともなく軽く頭を下げた。

緊張感が私を包んでいる。

「相当なやり手と聞いてお願いしたわけですが……。実は先週の金曜日に私と船木君と、そして生田さんで打ち合わせをしまして、今朝、早速彼から企画が提出されたわけです」

「それなら専務の一存で決めればいい。役員を招集する必要はなかろう」

横に座っていた男が言う。

「いえ、社長。彼から提出された企画は、若干ではありますが、いま工事中の店舗設計変更を前提に考えてきたものなので、一応皆さんのご意見をお伺いしたいと思いましてお集まり願ったわけです」

矢崎はそう言って社長に目をやり、続いて他の役員を見回した。

ざわめきが広がった。

「設計はもう役員間で了承済みのことですよ。それに今さら設計変更なんて無理な話じゃないですか」

役員の一人が口を開き、それにうなずく者が多い。

「まあとにかく、彼の話を聞いてからにしましょうよ。船木君、プロジェクターを使えるように用意してくれないか。それから、そうだな、生田さんが必要と思われる企画書の柱になる部分を誰かに急いでコピーさせてくれ」

そう言って腰を下ろした。

私は慌てて企画書の上から三枚だけを、船木に渡した。

「今さらなあ」

「宣伝計画だけならわかるけどね」

「専務も何考えてるんだろう」

コピーが届く間、近くに座っている役員の、小声で話す声が耳に入ってくる。

「生田さん。コピーが来るまで、さっきのパース、みんなが見えるようにしてくれるか？」

矢崎がひときわ大きな声で、ざわついている室内に向けて言った。

座が静まった中で、涼子が描いてくれた二枚のパースを、プロジェクターを使ってスクリーンに映し出した。

みんなの視線が集まっている。

船木がコピーを手に入ってきて、全員にそれを配った。

「じゃあ生田さん、簡単に説明してくれないか」

矢崎に促されて、また立ち上がり、

「今回の企画を立てていく中で、店舗の外観、及び内部、それにディスプレイされると思われる商品と、先日都内の店舗を見せていただいて、それらのマッチングを考えてみました。もちろん、ターゲットになる顧客層、それに販促計画も読ませていただいた上での結論なのですが。まず顧客層は計画書にある以上の広がりが期待できるのではないかと考えました」

気後れも、緊張感も消え失せていた。

若僧に見られることも気にならなくなっていた。

「それで、最後に、塀を回して鉄製の門扉を提案したのは、単に閉鎖性を強調したものではなく、どこかの大使館、領事館風な雰囲気を出したかったからです。また、北海道の気候風土を考えれば、外のオープンスペースが生かされるのは長く見て五月から十月、一年の半分に過ぎません。しかし、この塀を回し、ロードヒーティングの小道を作ることで、冬期間のオープンスペースとして利用できることになります。つまりこのスペースは通年生かされることになります。以上です」

一気に話し終え、席に着いた。

「いずれにしても、設計変更は無理じゃないですか？」

「役員会で一度決めたことなんですから」

「下手をすると、まるで牢獄の感じですよ。イメージダウンだ」

「ナンセンス！」

「オープンが間に合わなくなったらどうしようもないだろう」

間を置いて次々と意見が出されたが、どれも否定的なものばかり。

矢崎は、まったく口をはさまない。

同じように、社長も一度も意見を述べない。

「井口常務は、どう思われますか？」

一通り意見が飛び交ったところでようやく矢崎が口を開き、それまで意見を述べていなかった、額がせり出している男に意見を求めた。

彼は議論の最中、企画書をじっくり読んでいた一人だった。

「私は、面白いと思いますね。前の設計は、生田さんでしたか、彼が言ったように福岡に建てる前提で設計されたものですし、いま生田さんが話された方が理にかなっていると思いますね。ただし、工事変更が間に合うという条件付きですがね」

「元木部長はどうですか？この外観とか」

矢崎は、別の一人に目を向けた。

「そうですね。前のはちょっと軽い感じがして、まるでモーテル風でしたからね。この方が当社のイメージに合ってるんじゃないかと思います」

四十半ば過ぎに見える、役員の中では若手の一人に入る男が意見を述べた。

どうやら矢崎は、反対意見を述べていない人間を頭に入れていたらしい。

「我社は、元々超現実主義、主観的な物の見方という考えを押し出して商品政策を推し進めていたわけですが、最近、それが不必要とは言いませんが、顧客に迎合して、従来の顧客が離れていっているのが現状だと思います。リスクは否めませんが、今回の札幌出店は創業精神に立ち返るいい機会です。テストケースと考えてもいいんじゃないでしょうか」

インテリ風の役員が、最後に発言した。

しかし、社長と専務を除く全役員の意見を総合すると、反対意見が三分の二以上占めているようだ。

「社長はどうですか？」

矢崎は、横に座っている男に言うと、

「私は後でいい。専務の意見は？」

「私ですか？」

専務の発言権が強いのかどうか、他の役員が話していたときとは違って、全員静まり返り彼を注視している。

「私は、全面的に賛成です」

彼は、あっさりと言ってのけた。何人かが顔を見合わせた。

「理由はいろいろありますが、それは前に出た意見とも重なるのであえて言う必要はないと思います。ただ、もし役員会でこれが了承されるなら、設計変更に関わる交渉と、その責任は私が全て負いましょう」

またシーンとなった。

「わかった、後のことは専務に任せる。以上で終わりにしよう」

社長はそう言って立ち上がった。

それにならって、ほぼ全員が席を立った。

帰り際、目礼する私に、冷たい視線を浴びせかける者もいる。

矢崎と船木、そして私だけがその場に残った。

「はいお疲れさま、終わったよ。というより始まったというべきかな」

矢崎はそう言って笑顔を見せた。

「船木君、社長はまだ社長室にいるかな？」

「はい、今日は外出の予定はないということでしたから」

「わかった、君、後で呼ぶから席に戻っていてくれたまえ」

船木は一礼して出て行った。

「ちょっと、社長に改めて紹介しておくよ」

矢崎は、先に立って会議室のドアを開けた。

社長室のドアをノックすると、背の高い紺のスーツを着た女性がドアを開けてくれた。

社長秘書であろう。

「社長は？」

「はい、いらっしゃいます」

矢崎は奥のドアをノックし、返事を待たずにその部屋に入った。

私は、懐から名刺入れを取り出した。

ソファの前に立ち、名刺を交換した。見ると専務と同じ〝矢崎〟だ。

「うちの社長は私の兄なんだよ。つい最近就任したばかりだけどね」

そういえば、名簿では確か、社長の名前は違っていた。

「創業者の伯父が社長をやってたんだけどね、もう年だからって会長に退いて、専務だった兄が社長に、常務の私がスライド式に昇格したってわけさ」

彼は、そう言って笑った。

「しかしお前は、相変わらず策士だなぁ」

社長の矢崎は、初めて笑顔を見せながら言った。

「何が？」

「何がって、緊急役員会といったって、最初からこの企画を通すつもりだったんだろう？」

「そんなことはないさ、みんなの意見を聞いて、社長にだって意見を求めたでしょう？」

「じゃあ、私が反対したら、お前どうした？」

「何とか再考をお願いしたでしょうね」

「それでも反対したら？」

「殴りつけましたかね」

二人の矢崎は、顔を見合わせて笑った。

兄弟の会話だ。

私と矢崎専務は、揃って社長室を出た。

エレベーターの中で、彼は、

「今日はホテルかい？」

と、以前よりも馴れ馴れしい口のきき方をした。

「いいえ、この足で札幌に戻ります」

「じゃあ、私の役員車で送らせよう」

そう言ってエレベーターを降り、専務室に入った。

彼は仕事の顔で私の方を見ると、

「とにかく話はそう決まった。決まったからには私もすぐ手配をするが、ひとつ言っておくけど、私は仕事には厳しいからね」

「わかりました。よろしくお願いします」

素直に頭を下げた。

黒塗りの外車に乗り、羽田に向かった。

ほっとしたと同時に、疲れと、先の不安が一気に押し寄せてきた。

車の中で目を閉じ、いつしか少し眠っていたようだ。

羽田から、社長の井沢に電話を入れた。

不機嫌な声が、急に明るい声に変わった。

「そうかそうか、いや、君ならやってくれると思ったよ。うん？そうか、それで？何時の便に乗るんだ？そうかそうか、よしわかった、待ってるさ、もちろん」

すこぶる上機嫌だ。

（今頃、鼻歌で例の〝北酒場〟でも歌ってるんだろうな）

機嫌のいいときは、もっぱらこれである。

四

社に着いたのは、夕方四時頃。

井沢が待ち構えていた。今日から私の自室になっている元社長室のソファに腰掛けると、彼は待ち切れない様子で先を促した。

とりあえず会議の内容を簡単に説明し、涼子が描いたパースのカラーコピーを見せると、しげしげとそれを眺めている。

原画は、矢崎の元に置いてきていた。

「へええ、昨日のうちにこれ描いたってわけか。生田君にこんな才能があったなんて知らなかったよ」

彼は、建物自体には大して興味がないらしい。

「いや、私じゃないですよ。これを描いたのは」

「誰かに頼んだのか？」

「そうです」

「誰に？」

「いや、ちょっとした知り合いですよ。学生のバイトです」

何となく涼子の名前は出したくなかった。

「そうか、それで何か私にできることはないかな。それと、電話で飛田君のこと言ってたよな」

すこぶる協力的だ。

私は、飛田を自分のサブ、というより主にデザイン関係のディレクターとしてこのプロジェクトに参加させたい旨を話し、いますぐ打ち合わせをしたいと申し出た。

彼はすぐに同意したものの、同席したい雰囲気だったが、

「これは社長の方が私より得意だと思うんですが、今回の宣伝プロジェクトのチーフは私が担当するということで、ここにメールを入れて欲しいんです。それで、後日協力願うことになると思うのでよろしく、という趣旨で」

と、昨日用意しておいた広告代理店などのリストを手渡した。

井沢の目が輝いた。

「そうかそうか、こういうことはな、年の功だし、私の方が得意といえばそうだよな。よし、わかった。早速文面を作って女の子にメールさせよう」

と勢いよく立ち上がると、部屋を出て行った。

入れ違いに、飛田が入ってきた。

いつもながらの人の良さそうな愛想笑いを浮かべている。

「実は、先日社長から話があった例のシュールのオープンに関する宣伝プロジェクトなんだが、さっき東京本社から戻ってきたんだ。それで私の企画が全面的に通ったので、そのサポート役を飛田君にやって欲しいんだ」

話を切り出すと、飛田は驚いた表情で口をポカンを開けている。

「予算面のことは、私が中心になってやろうと思ってるんだが、デザイン関係のチェック、コピーも含めて君が中心になってやってくれないか？先方の希望で何社かの広告代理店を使わなければならないから、それぞれイメージが異ならないようにするのがポイントだから。自分でデザインを起こすのは基本部分だけでいいと思う」

私はさらに説明を加えた。

新聞、雑誌、広告、折り込みチラシ、ダイレクトメール、それに関わる写真やイラスト関係の制作、それにテレビ、ラジオといった電波媒体も動かさなければならない。さらにオープンということからノベルティの製作も必要になってくる。

「ホームページとかは？」

ウェブデザインを得意とする飛田は、気になるらしい。

「それは、東京本社の広報が担当することになるけど、コンセプトやデザインはこちらがリードする形になると思うから、そうだな、まずはそっちの方に力を入れてくれないか？」

「わかりました。頑張ります！」

彼は嬉しそうな顔を見せたが、私は気になっていることを付け加えた。

「注意して欲しいことがひとつ。今回に限っては仕事をもらう立場から発注する立場に逆転するわけだが、それはおそらくオープンまでの数ヶ月だけだ。だからその点、横柄にならないようにしてほしいんだ」

私は自分に向かっても話していた。

「僕に、できるでしょうか？」

飛田は、弱気な視線を向けた。

「心配ない、君なら大丈夫だ」

「でも、佐々木さんの方が」

「そんなことはないさ。僕は君の才能をかってるよ。自信を持ってやれば大丈夫だ。それに彼の場合は……」

後の言葉を呑み込んだ。

佐々木は、確かにデザイナーとしての腕は一流だが、それを鼻にかけるところがある。発注側に回したときには大いに危険を感じてしまう。

「それに、彼の場合はうちの仕事で手一杯だしね。心配ない、君ならできるさ」

企画書を渡し、具体的な説明を始めた。

とにかく時間がない。

基本イメージを飛田と私で一致させ、それぞれ別な動きをしなければ間に合わない。

電話が鳴った。

「ああ、生田さん？東《あずま》だけど、どう?調子は」

大手広告代理店の営業、東だ。

いつもは生田君と呼んでいるのに、今日はさん付けだった。

「シュールの担当するんだってね、よろしく頼むよ。それでね」

どうやら井沢が流したメールが届いたらしい。

飲みに行かないか、という誘いをやんわり断って電話を切った。

彼に誘われたのは、初めてだった。

また電話が鳴った。

シュールの矢崎専務からだ。

「いや、少し前にね、こっちに本社がある大手代理店の部長から、『生田というのが宣伝を担当するそうだが、こっちに任せてくれないか』と電話があってね。君んとこの会社の悪口とかいろいろ言ってきたんだ。まあ、笑って聞き流しておいたけどね。いろいろあるかもしれないが、君の路線でがんばってやってくれ」

彼はそう言って、電話を切った。

(いよいよ動き出したか)

予想はしていたものの、思ったより各社の反応は素早い。

飛田は熱心に企画書を読み、すでに用意してきていたノートにラフデザインを描き始めている。

本格的にやる気を出したようだ。

「そのデスク使ったら?」

ソファに腰掛けている飛田に声をかけた。

「あっええ、今はここの方がいいです」

何か思いついたのか、そのままの姿勢でペンを走らせている。

私は、もう一度自分が書いた企画書を読み返し、それに沿って具体策を練り直し始めた。

夕飯には出前を取った。

味噌ラーメンに箸を運びながら、飛田は、

「予算は、どのくらいあるんですか？」

とたずねた。

「君は知らない方がいいよ、交渉は私がやるから。そうだな、一応、億単位の金が動くと思っていてくれ」

飛田は驚いた表情を見せたが、何も言わなかった。

夕飯を終え、誰もいない事務所からコーヒーを二人分入れて持ってきた。

「ああ、すみません」

ソファの背にもたれて目を閉じていた飛田が、体を起こした。

「ところで、電話番に誰か一人いりませんか?部長は出歩くことも多いだろうし、私も向こうの事務所にやりかけの仕事をしに行ったりすることもあるし」

「いや、飛田君は向こうの仕事はしなくていいように社長に話してあるから、それはいいが」

来客も多いだろうし、確かに事務の女の子は必要だった。かと言って〝アンチ生田〟の女子社員に頼んでも、返って支障が出ないとは限らない。

「どうせ二、三ヶ月のことだから、アルバイトでもいいんですよね」

「そうだな。じゃあ考えておくよ、早目にね」

二人はまた仕事にかかった。

もう十一時をとっくに回っている。

部屋に帰り着いたのは、十二時半だった。

涼子から何度かメールが入っていたが、飛田の手前、返信していなかった。

(もう寝てるかもしれないしな)

一度手にした電話を元に戻した。

シャワーを浴びて出て来ると、電話が鳴っている。

涼子のすねたような声が、耳に飛び込んできた。

電話を首のところに挟んだままタオルで髪を拭き始めた。

何度も電話したのに、心配したのに、とひとしきり言い終わると、

「ところで、お仕事の方はどうでした?東京の」

と、涼子は話題を変えた。

「まずひと言、ありがとう。お陰でうまくいったよ。こっちの企画、すべて通ったよ」

「ホントー?おめでとうございます!」

さっきとは打って変わり、嬉しそうな声だ。

「私の描いたパースも役に立ちました?」

「もちろん、あれが決め手だったよ。一目瞭然ってことで。予想通り反対もあったけど」

「でも通ったんですね？」

「うん、今日も遅かったんだ。ついさっき帰って来た」

「どうして電話くれなかったんですか？」

「もう寝てるだろうと思ってさ。起こしちゃ悪いだろう？」

「寝てられなかったんです、気になって。夕方学校から帰って友達の誘いも断って、ずーっと、ずーっと待ってたんですよ」

さっきのくり返しが始まろうとした。

「はいはい、悪かったよ。ところで、バイトできる人知らないかな。二、三ヶ月なんだけど」

飛田との話を、ふと思い出してきいてみた。

「どんなお仕事ですか？」

「主に電話番なんだけどね。後は来客があったときのお茶出しと、まあそんなところかな」

「いつからですか？」

「そうだなあ、明日からでも、早ければ早いほどいいんだが」

「で、場所はどこですか？」

「どこって、僕のところだけど」

「そうなんですか……」

少し間があった。

「そのバイト……」

「……？」

「私にもできますか？」

「そりゃ、できないわけじゃないが、学校の方は？」

「もうすぐ夏休みですから。休講が多くなってきて、行かなくてもいいくらいなんです。それに九月半ばまで休みだからちょうどいいと思って」

「しかし」

涼子を会社や仕事先の連中に知られるのに抵抗があった。

ましてアンチ生田を公言している面々に、恋人とまでは呼べないが、身近な女性を近くに置くと格好の攻撃材料を与えかねない。

(やはり、今回の仕事には)

「だめですか？」

「そうだな、それはちょっと無理だな」

私は、はっきり言った。

「……」

「君の友達で、誰かいないかな？」

「私の？まあ、いないこともないと思いますけど？」

彼女は不満を表した物言いで、語尾を上げて応えた。

「それならアルバイト、正式に募集したらどうなんですか？」

珍しく冷たい物言いだった。

「それも考えたんだけどね」

当面機密事項もあるので全く知らない人間を使うわけにもいかないし、かと言って知人の紹介も困るということを説明した。

「わかりました。じゃあ、明日誰かにきいてみます」

意外とあっさり引き下がった。

（大学はいつから休みなのかな？）

電話を切ってからそう考えたが、そのままバスルームに戻った。

# 第四章　動き出したプロジェクト

## 一

翌日は、朝から電話が鳴りっ放しだった。

飛田は継続仕事の方で何度か席を外すので、電話は私が受けるしかない。おまけに、来客もひっきりなしである。

昼近く、涼子から連絡が入った。

「バイトの件なんですが、友達のミーとアイが大丈夫だって言ってます。ミーは旅行する予定だったんですけど、生田さんの事務所のバイトならやりたいってことでした」

「……」

ミーと呼ばれていた娘はよく知っていた。誕生パーティーとやらで来ていた、小柄で色白の、笑うとえくぼのできる子供っぽい娘だ。しかしアイという娘は学祭で一度会ったが、男勝りの感じで背の高い女性と記憶していた。

「生田さん、どちらがいいですか？」

「んー、別にどっちでも。とにかく早く来て欲しいんだ」

「じゃあ、ジャンケンで決めさせてもいいですか？」

「ああ、君に任せる！悪いけど切るよ」

デスクの上の電話が鳴っていたので、一方的に電話を切った。

結局、私と飛田は昼食を出前で済ませた。

「ずいぶん電話が来ましたね」

「そうだな。早い者勝ちってところもあるから、とりあえず挨拶っていうのも多かったし、何人来たかな？」

頭で来客の数を数えてみた。

（電話が……。ええと……、それに顔出しに来たのが……）

今度は携帯に電話だ。

「決まりました、バイトの人」

涼子からだった。

「そう、で誰に？」

「ミーに決まりました。もしミーが何かの都合で休んだら、アイか私が代わりに行くことにしました」

「仕事の流れがあるから一人の方がいいけど。まあいいか、ありがとう。それでいつから来てくれそうなんだ？」

「今日からでもいいそうです。二時過ぎには行けるみたいです」

「じゃあ、それで頼むよ。よろしく」

飛田の視線を感じて、要件だけで電話を置いた。

「バイトですか？」

「ああ、短期のバイトだし、変に業界に通じてる人もまずいと思ってね。知り合いの女子大生に頼んだんだ」

「女子大生ですか」

「ああ、何か？」

「いや、いいですね、女子大生ってのは」

「……」

妙に嬉しそうな顔を見せた。

初めて見る表情だ。

「僕は専門学校でしたから、何人かでナンパしたこともあるんですが、相手が女子大生と聞くと、何となく気後れしちゃいましてね」

「君もナンパなんてしたのか？」

「そりゃ、ありますよ」

飛田はサラサラした髪を長く伸ばし、体の線も細く、どちらかというと女性的なナイーブさを感じさせる。身長もそう高い方ではない。

また電話が来た。

「いいです、僕が出ます」

飛田が、すかさず電話を受けた。

彼と私は、来客と電話の合間に打ち合わせをくり返した。

午後になって、飛田が基本的なデザインを持って来た。

私の目からは、これまで見てきた彼のどのデザインよりもよくできていたが、やはり線の弱さが感じられた。

「まずまず、いいと思うが。ちょっときれい過ぎるな。もう少し不気味さというか、何かこう力強さみたいなものが欲しいな」

「そうですか、やっぱり」

そう言って立ち上がり、彼は自分のデスクに行き、別なデザインを持って来た。

「これ、最初に考えたんですが、ちょっと奇抜過ぎると思って途中でやめたんです」

上空を飛んでいる大鷲が紙面の三分の一を占め、それが地上に黒い影を作っている。その影の中に白っぽく浮き上がって見えるのが、シュールのパースに出てくる城だ。鷲の鋭い爪が力強さを感じさせるが、下手をすると不吉なデザインとも言えた。

「これ、君が描いたのか？」

「そうですが、ちょっとキツイですよね」

「いや、これ仕上げてくれないか？この雰囲気ならモノトーンでいける。後はコピーはまだ決まっていないが、文字が怪奇映画のタイトルのようにならなければ、たぶん使えると思うよ」

彼らしからぬデザインに目を向けながら言うと、

「いいんですか？スポンサーの方は何て言いますかね」

飛田は、不安そうだったが、

「いや、とにかくこれを一押しでいこう。さっきのは第二案にすればいい。それから今の鷲なんだが、他のバリエーションもちょっと考えてみてくれないか」

そう指示し、デスクに戻る飛田の細い後ろ姿に目をやった。

三時頃、ミーと呼ばれる涼子の友達が、白っぽいスーツ姿でアンチ生田の女子社員に案内され部屋に入って来た。

多少、緊張気味にソファに座っている。

やっと一息つき、飛田も応接セットに呼び、簡単に仕事の流れを説明した。

「それから、事務所といってもこれだけの部屋だし、私と飛田君と二人しかいないから、堅苦しいそんなスタイルでなくていいよ。普段着で充分。この業界は、そういうのは気にしないから、いつもの笑顔さえ忘れなければそれでいいよ」

ときどきスーツのスカートを下に引っ張っている彼女に、私はそう付け加え、飛田と並んでいるデスクに彼女を座らせた。

彼女が席に着いてから、履歴書に目を通した。

(本名は木村美奈か。両親と弟が一人)

デスクの引出しにそれを入れ、

「呼び方なんだけど、美奈さんじゃ皆さんみたいだから、美奈ちゃんでいいかな」

彼女は振り向いてニッコリ笑った。

早速電話を受けていたが、応対の仕方は物慣れている。

見かけは子供っぽいが、意外にしっかりしているようだ。

夕方、矢崎専務から連絡が入った。

「そうか、イメージが固まったんなら私がそっちに行くよ。君の方は忙しいだろう。とにかく船木君と一緒に明日にでも行くようにするよ。たぶん夕方かな？井沢君にも会っておく必要があるから」

矢崎が来る前に、デザインとヘッドコピーくらいは、何案か作っておかなければならない。

飛田にその旨を伝えると、

「大丈夫です。バリエーションもほぼ決まりましたから、後はコピーを入れればいいです」

自信あり気にうなずいた。

「それじゃコピーライターに連絡取って、デザイン優先で明日の午前中に決めてしまおう。彼のスケジュール押さえといてくれないか。いや、打ち合わせはここでいいよ」

予算修正が終わったときに、ちょうど飛田のデザインも目処がついたらしい。

時計に目をやると、七時だった。

もう帰ってもいいと言っておいたのだが、美奈はまだ事務所に残っている。

「そろそろ切り上げて、美奈ちゃんの歓迎会も兼ねて夕飯でも食べに行かないか？どうだい都合は」

彼女は、えくぼを見せながら、

「ウレシー！私大文夫です」

「僕もどうせ帰ってもすることないし、ぜひ！」

飛田はチラッと美奈の笑顔に目をやりながら応えた。

二

（大通り公園のビアガーデンは、もう始まってるのかなあ）

三人で連れ立ってススキノ方面に向かいながら、私はそんなことを考えていた。

日中の暑さに比べ、夕方ともなると爽やかな風が心地良い。

私は先に立って交差点角のビルに入った。

ここは東京から客が来たとき、よく連れて来るラムシャブ、つまり羊肉専門のシャブシャブ店だ。

三人は、まずビールで乾杯した。

鍋のお湯が沸騰してから野菜を入れ、再び沸騰するのを見計らって、薄くカットされた肉を入れる。

浮いてくるアクを小さな網ですくうのだが、その役はもっぱら飛田が一人でやっている。

「明日、向こうの専務からＯＫが取れたら印刷関係は君に任せるから頼むよ。発注先のリストは大体作ってあるから。それから、新聞、雑誌広告の方も計画はできてるからそっちも頼むよ」

美奈と並んで向かい側に座り、手を動かし続けている飛田に言った。

「あのデザインで大丈夫ですか？」

彼はまだ心配顔だ。

「大丈夫。万一駄目でも第二案で押し通すよ。もう時間も迫ってるし、具体的に手をつけていない事もあるからね」

オープンに向けての作業は進めているが、オープン当日とその後のイベントのたぐいは手つかずの状態だった。

「僕は基本案が決まり次第電波の方で動くよ。それにパブリシティの方も。シュールの札幌事務所を構えるまでは、すべてこっちでやらなきゃならないからね」

テレビ、ラジオのいわゆる電波媒体は、印刷媒体と違ってかなり大きな金が動く。今日も電波媒体の予算振り分けについて、広告代理店と放送局の営業マンが同行し、探りや売り込みに何組か来ていた。

(電波といえば、イメソンの件があったな)

「ところで美奈ちゃん、飛行機雲のライブはいつだっけ？」

鍋に箸を伸ばしかけた美奈にきいた。

「確か、今週の土曜日だったと思いますが」

「時間は？」

「六時頃だったかな、きいてみますか？」

「そうだな、できれば」

美奈は箸を置き、白いセカンドバッグを片手に立ち上がった。

飛田は彼女の後ろ姿を目で追った後、少し身を乗り出すようにして小声で、

「彼女、なかなか仕事のセンスありますね」

「……？」

「今日部長が席を外したとき、描き上げたのをちょっと見せたんですよ。そうしたら『いいと思いますが、ここの部分……』と言って、実に適切なアドバイスをしてくれたんですよ。電話の応対も来客があったときの礼儀もきちっとしてるし」

（美奈も涼子と同じ、美術専攻なのかもしれないな）

連鎖反応的に涼子の顔を思い出していた。

美奈が戻って来た。

「やはりそうでした。今週の土曜日で六時開場、六時半開演だそうです。場所は……」

そう言って、綺麗な字で書かれたメモを手渡した。

飛田はメモをのぞき込みながら、

「何ですか、その飛行機雲って？」

簡単に説明すると、

「部長が興味を持ってるとは意外ですね。あっ、そういえば部長、昔、レコード会社に居たことがあるって」

と言って、私の顔を見た。

美奈も、意外な感じで私を見ている。

「昔むかしの話さ。今はもう何もしてないし」

その話が出ると、むしろ挫折感を強く持ってしまう。

すぐにライブの話題に変えた。

同僚だった新庄から『デモ演奏、手に入らないか』と言われたとき、キャンペーン用ＣＭソングに飛行機雲を使ってみようとも考えていたからだ。

「それで、美奈ちゃんもそのライブに行くの？」

飛田が、話の途中で彼女にきいた。

「はい、たぶん友達と一緒に」

「あ、そう、友達と……。部長は一人で行くんですか？」

「そうだな、どうしてだ？」

「いえ、別に」

どうやら飛田は、美奈に好意を寄せ始めたようだ。

『一緒に行かないか』という言葉が口から出かかったが、同時に別なことを考えていた。

(デモ演奏より、新庄を札幌に呼んで聴かせたらどうかな、ライブを見さえすれば、奴の感覚ならモノになるかどうかわかるだろう)

明日にでも、彼に連絡を入れることに決めた。

三

次の日、新庄に連絡を入れたが、

「例のアルバムのレコーディングが思ったように進んでなくてさ。土曜か?、ちょっとまだ予定が立たないなあ」

という返事だった。

彼が来られないことを考えて、私は美奈を通じて飛行機雲のメンバーに『ライブのビデオを録ってあげる』という口実でそれを了承させ、その道のプロにカメラを回してもらうことにした。

その日は、午前中にコピーライターと打ち合わせを行い、何点かのヘッドコピーとボディーコピーをその場で考えてもらい、その中のふさわしい数点を選んだ。それを元に、夕方までに飛田がデザインを完成させた。

東京から矢崎専務と船木が来たのは、六時過ぎだった。

二人に、飛田を紹介した。

飛田は緊張した面持ちで、名刺を交換した。

お茶を出させた後、私は美奈に帰るように言った。

「じゃあ見せてもらおうかな、そのデザイン」

矢崎が切り出した。

私はまず、無難な方の案を応接セットのテーブルの上にバリエーションも含めて三点並べて置いた。

それは中世ヨーロッパ風のコスチュームを着たモデルを使用し、店舗である城をそれにオーバーラップさせたものだ。

矢崎と船木の顔色をうかがった。

「うん、悪くないけどね。どうだ?船木君」

「そうですね。今までのオープン時のものと同じような雰囲気ですから」

船木は、賛成とも反対ともつかぬ言い方をした。

矢崎の表情から、多少不満の色が見て取れた。

おそらく時間もないし、任せたんだからこれで行くしかないだろうという気持ちが働いているに違いない。

私も、そして飛田も口をはさまなかった。

矢崎が似たような質問をし、船木がまた同じような応え方をした。

沈黙が訪れるのを待って、

「実は、もう一案あるんですが」

と、私は切り出した。

「こっちのはサブとして作ってみたんですが」

と言い、前の三枚を重ねてテーブルの隅に押しやり、新たに鷲を使ったデザイン三点を並べた。

矢崎は身を乗り出してそれを眺めると、私の顔を見てニヤッと笑った。

「こっちでいきたいんだろう?本当は」

「……」

「どうだ、船木君、こっちの方は?」

「なんか暗い感じがしますね。どうでしょう」

考えを求められた船木は曖昧に応えたが、どちらかというと反対の意見らしい。

「私は前のよりも、生田君の企画案に沿ったデザインだと思うがね。そうだろう?」

矢崎は、今度は笑みのない鋭い眼差しを私に向けた。

「はい」

そう答えながら、矢崎に見透かされたことに、後ろめたさを感じていた。

「だ、そうだよ、船木君」

「はあ」

「それじゃ、これで進めてもらうことにするよ。いいね」

矢崎の言葉に、船木はただうなずいている。

「私はこれから向こうで井沢君と話があるが、生田君、その後一緒に飯を食いに行こう」

彼は背中を向けたままそう言い、部屋を出て行った。

船木は、新しい事務所の件で人と会うということで、そこで別れた。

デザインが決まったからか、飛田は一度私にうなずき、自分のデスクを片付け、『じゃあ、お先に』と、帰って行った。

私は一人事務所に取り残された格好だ。

乾燥した熱い空気が漂っている感じがする。

車が行き来する音と、時折苛立ったようなクラクションが聞こえる。

ソファの背から体を起こし、生ぬるいお茶を飲み干した。

矢崎と井沢の話は、まだ終わらないらしい。

飛田のデスクサイドの箱から、彼が少し前にしまったばかりのデザインを取り出した。

鷲の双眸が異様に鋭く感じられる。

しばらくの間それを眺め、元に戻した。

ドアがノックされ、井沢が姿を現わした。

「お待たせ。とりあえず打ち合わせが終わったから、一緒に飯を食いに行こうか」

三人は事務所を出て、エレベーターに乗った。

矢崎も私も、終始無言だった。

井沢が一人でしゃべりまくっている。

近くの小料理店の一室に、私は井沢と並んで矢崎と向かい合って座った。

「それにしても今日は暑いですね。とりあえずビールでいいですかね」

井沢は矢崎にそう言い、電話を入れてくると言って席を立った。

矢崎と目が合った。

「生田君、君は直球しか投げん男だと思ってたがね」

「……」

「いつも、あんな仕事の仕方をしてるのかね？」

「……」

「とにかく、私には通用せんよ。それに、仕事にしろ何にしろ信頼関係が崩れたらもう終わりだよ」

「申し訳ありません」

私はあぐらをかいたまま、素直に頭を下げた。

矢崎の言いたいことはわかっていた。

ダミーのデザインを見せる前に、一押しのデザインを見せろということなのだ。二種類を提示してどちらか良い方を選ばせるのが、仕事を決める場合の常套手段として私は使ってきていた。

「私は比較級は嫌いだ。最上級のものしか相手にしない。それと、下手な駆け引きは使うなよ。予算の組み方も任せようと思っていたが、一応目を通させてもらうよ」

そのとき、井沢が席に戻ってきた。

「何の話ですか？」

私と矢崎を見比べるようにしてたずねると、

「いや、野球の話さ。私は直球で押すピッチャーが好きなんだがね、生田君は変化球投手の方が好きらしい」

「専務は、野球好きなんですか？」

井沢は、話を合わせようとしたが、

「いや、もう野球の話は終わったんだ。なあ生田君」

矢崎の言葉に、私はうなずいた。

ビールと刺身の盛り合わせが運ばれてきた。

「では、健康を祝して」

井沢はいつも通りの言葉で、ビールのグラスを手にした。

グラスを合わせるとき、矢崎と目が合った。

彼の目はいつもの柔和なそれに戻っていたが、私は目をそらした。

「それにしても、今回のデザインは面白いよ」

「そうですか?私はまだ見せてもらってないんですが……。いやあ、生田君は企画能力もセンスも抜群ですからね。うちの社の切り札的存在ですよ」

矢崎の言葉に、井沢は私を持ち上げるように言う。

その後も、話が上手く進んでいるのか、彼は上機嫌である。

「仕事のやり方なんかは、君が教えたのかね？」

矢崎は、井沢を見て言うと、

「そうですよ。一から十まで、と言いたいところですが、彼は私以上の能力を持ってましてね、あっという間に追い越されましたがね」

と大口を開けて笑った。

ビールの味は、ことのほか苦かった。

喉の乾きが、ますますひどくなってくるような感じだ。

私は井沢の誘いを辞して、店を出たところで二人と別れた。

足は、いつものスナックに向かっていた。

涼子と初めて会った店だ。

彼女に会いたいと思ったが、電話する気はなかった。

ドアを開けると、店は満杯の状態だった。

帰ろうかとも思ったが、ママに促されて一番奥の席に座った。

今日は女の子は出勤していないのか、ママ一人だ。

「お疲れ様でした、部長さん」

横から声がした。

美奈だった。昨日の歓迎会のとき、その流れでこの店に連れて来ていたが、今夜もまた来てるとは思わなかった。

彼女の隣に座っている女性も、私に軽く会釈している。

「一度会ってると思うんですが、ケイと言えばわかるかしら」

美奈はそう言って紹介した。

学祭で一度会ったが、誕生パーティーのときには彼とデートとかで来ていなかった女性だ。

長い髪で左胸を隠すように流し、以前会った印象は薄かったが、こうして夜見ると、妙に崩れた感じに見える。

オンザロックを頼んだ。

無言で飲み続けていた。

いつもよりかなり早いピッチだった。

(変化球投手か……)

矢崎の言葉がまだ耳に残っている。

自己嫌悪と、反感が交錯している。

両親を交通事故で亡くしてから、兄と姉は三人の生活を支えるために働き始めた。そのころから、彼は無意識に二人の顔色をうかがうようになっていた。『何か欲しいもの』ときかれても、第二希望、第三希望のものを言い、『本当にそれでいいの?』ときかれて、ようやく本音を言うようになっていた。いざとなると、素直に自分の気持ちを伝えるより、相手がどう考えるだろうということの方を優先してしまう、そんな屈折した自分に苛立つことが多かったのではないか、そんな思いが頭の中で渦巻いていた。

身体に耳障りな音の重なりが響き始めた。ストレスが大きくなると、なぜかこれが始まるのだ。耳鳴りとは違う、不快な響きが身体の奥底に木霊し始めていた。

「じゃあ、お先に」

見ると、ケイと呼ばれる女性が立ち上がって笑顔を見せている。

「ミーは?まだ帰らないの?」

「私もう少し居るわ。彼によろしくね」

そう言って、小さく手を振った。

ケイは美奈の耳元で何か言ってから出て行った。

美奈は笑いながら彼女を見送った。

「君はまだ帰らなくていいのかい?」

多少酔いが回っている目を美奈に向けた。

「大丈夫です。ケイはこれからデートだから先に帰ったんです。バイトが終わった彼と。別に一緒に帰るわけでもなかったし……、私、暇ですから」

「しかし、今何時だ?」

腕時計に目をやった。

その時、普段より酔っている自分を感じた。

「まだ十時です。部長さん、いつもそんなに飲むんですか?」

急ピッチでグラスを重ねる私を見ていたらしい。

何も言わず、またグラスを口に運んだ。

客が入れ替わった。

「あら、シュウちゃん、いらっしゃい」

ママの言葉に、美奈がそちらに顔を向けた。

飛行機雲のリーダー、田所修が来たらしい。

美奈は間に入って、私と修をそれぞれ紹介した。

グループのメンバーなのか、三人の学生風の男と一緒だ。

私は美奈の手を通じて、名刺を出して渡した。

「あなたが生田さんですか。今回ビデオを録っていただけるそうで、よろしくお願いします」

彼は立ち上がり、私に向かって頭を下げた。

「練習の帰りなの？」

美奈は、修にたずねると、

「ああ、今週だからね」

「私も行くから、がんばってね」

「サンキュー、もう一バンドとジョイントだけど、一応オレ達がメインだからね」

「チケットの方は？」

「おう、お陰で完売したみたいだよ、なあ」

彼は、他のメンバーに目をやった。

会話を耳に、ただ黙々と飲み続けていた。

三人連れの客が帰り、店に修のグループと私と美奈だけになると、ママは耳元で、

「ちょっと今日は飲み過ぎよ。もうやめといたら?」

私はうなずいて、しかしまたグラスを口に運んだ。

「何かあったの?」

その言葉に、空いている方の手を横に振った。

「それじゃ生田さん、我々はこれで帰ります。ビデオの方よろしくお願いします。ミーお先にな」

修たち四人は、私に一礼すると店を出て行った。

「シュウちゃん、まだ知らないみたいですね」

「……?」

「部長さんと涼子のこと」

酔った目を彼女に向けた。

「さっきケイがね、私に何て耳打ちしたと思います?」

「……」

「教えてあげましょうか?『二人でいるとこ見られたら、涼子怒るわよ』って」

彼女は顔を寄せ、えくぼを見せながら小声で言う。

「こんなこと聞いたら出しゃばりかもしれないけど、今日の打ち合わせでデザイン決まったんですか?」

「ああ、決まったよ」

「どっちに？」

「鷲の方」

「じゃあ、部長さんの思惑通りだったんですね。おめでとうございます」

「……」

カウンター前の壁が歪んで見えた。

矢崎の、心を射抜くような眼差しを思い出した。

敵意に満ちた目は、社内で充分慣れていたが、矢崎の自分を見透かしたような眼光には耐えられなかった。自己嫌悪が心を支配していた。

「ママ、もう帰るよ」

私はそう言って勘定を支払って立ち上がろうとした。

足元がふらつき、カウンターに手をやり体を支えた。

別の客が入って来て、私の様子を見ていたママは、そちらの方に行った。

「大丈夫ですか？」

美奈が心配げな顔を見せた。

「ああ、大丈夫」

そう応えたものの、目の前の壁にかかっている抽象画が回っているように感じられた。それでも何とか小柄な美奈に支えられ、店の外に出た。

こんな飲み方をしたのは、何年か振りだ。

「私、送っていきますね」

外に出ると、美奈はタクシーを拾い、一緒に乗り込んだ。

目眩と眠気が襲ってきていた。

タクシーが最初にカーブを切った瞬間、美奈の体にもたれた。

彼女は私の体に手を回し、そのままの姿勢でいる。

「眠っていいですよ」

美奈の声が、耳元で聞こえた。

目を閉じた。

頭の中は、まだグルグル回っている感じがする。

タクシーがマンションの前に着いたらしい。

美奈に起こされ、朦朧としたままで彼女に支えられながら車から降りた。

エレベーターから降り、部屋の前でポケットから鍵を取り出したものの、なかなか鍵穴に入らない。見かねて美奈が代わって鍵を開けた。

小さな身体に支えられながら、奥の部屋のベッドに倒れ込んだ。

体の上に、女の感触があった。

気怠さと眠気に耐えて、私は虚ろな目を自分の体の上に向けようとした。

美奈の髪が、すぐ目の前に流れている。

彼女は、その姿勢のまま顔を上げた。

黒目がちな大きな瞳に出会った。

彼女の唇が何か言いたげにかすかに動いたとき、電話が鳴った。

美奈は、ハッとしたように体を起こし、私から離れてベッド脇に立った。

「私、帰ります。鍵かけないで行きますから……」

彼女は乱れた髪に一度手をやり、思い切ったように背を向けた。

再び目を閉じた。

玄関のドアの閉まる音が遠くに聞こえた。

四

「おはようございます」

事務所のドアを開けると、美奈の明るい声が聞こえた。

飛田はまだ来ていない。

私は自分のデスクに腰を下ろし、

「昨夜はすまなかったね」

「いいえ。昨日、部長さんあの店に来ると思ってました。だから……、私、楽しかったです」

彼女は、そう言ってコーヒーをデスクの上に置いた。

「あんな飲み方すること、滅多にないんだが」

コーヒーカップに手を伸ばした。

「はい。涼子に電話しました？あの後……」

彼女は私の目を見つめながらたずねた。

「いや、あのまま寝てしまったからね。一度、目を覚ましたんだが、もう三時を回っていたから、電話しなかったよ。それより、あの後、無事に帰れたかい？」

「はい、タクシー拾って帰りました」

「手稲まで？」

「はい」

「それじゃ、私のせいで散財させちゃったな」

私のマンションから手稲までは、相当な距離である。

上着の内ポケットから財布を取り出すと、

「あっ、タクシー代なら結構ですので」

彼女は、それを察して強い口調で言う。

「しかし」

「いいんです。貸しを作っておきます。その替わり、今度埋め合わせしてくださいね」

そう言って、あどけない笑顔を見せ小首をかしげた。

携帯のベルが鳴った。涼子からだった。

「昨夜、遅かったんですか？」

「ああ」

「私……、メッセージ入れたんですけど」

「ああ、さっき気がついたんだ。昨日はかなり酔ってて遅く帰ったから」

「ミーと一緒だったんでしょう？」

（あのケイとかいう友達から、連絡がいったのだろうか）

「そう、途中までね。その後また一人で飲みに行ったんだ」

何事もなかったとはいえ、多少後ろめたさがあった。

美奈がじっと私の口元を見つめている。

「そうですか、ところで今日会えますか？」

「いや、まだはっきりしないんだ。また残業かもしれないし」

「あの、何時でもいいから会いたいんです。仕事が終わったら携帯に連絡ください。必ず」

涼子はそう言って切った。

「おはようございます！」

飛田が出社してきた。

その日も一日中、来客と電話に振り回された。

印刷物の発注をしようと思っていたが、先に矢崎に承諾を得なければならない。昼過ぎ、シユールの東京本社に電話を入れたが、矢崎も船木もまだ札幌から戻って来ていないという。

夕方、矢崎から電話が入った。

予算案を送ってくれという。

すぐにメール添付で送ったが、なかなか返答が来ない。

私は妙に苛立っていた。

六時を過ぎ、飛田と美奈を帰し返事を待っていた。

せかせるような電話のベルが鳴った。

新庄からだ。

「土曜日そっちに行けそうだからよろしく頼むよ。昼過ぎので行くけど、ホテルは取らないでいくからさ、お前んところで頼むよ。また連絡する、じゃあな」

彼は一方的に言い、電話を切った。

七時を回っても矢崎からの連絡はない。

(店自体は、確か八時までの営業だったな……)

あふれそうになっている灰皿に、もう一本の煙草を突き刺し、無理矢理もみ消した。

八時になって、ようやくメールが届いた。

見ると、提出した予算案に若干手が加えられている。

デスクに戻り、矢崎に電話を入れた。

「生田君か、もう帰ったと思っていたよ。ああ見てくれたかい?まあ、大体君の計画通りだろう?それで進めてくれ」

確かに、それほど手は加えられていなかったが、ＣＭソング制作に関わる費用は完全にカットされている。

「ああ、あれか。それは必要ないだろう？既成の音楽から選曲するか、場合によっては他でやったことがあるんだが、レコード会社とタイアップして使ってもいいんじゃないか」

確かに最近ヒットしている曲はアーティストにしてもそうだが、ドラマの主題歌やＣＭソングから出ているのも多い。やはり露出頻度の問題なのだが、それ以上にテレビの媒体価値が高いということだろう。

「しかし今回はちょっと特殊なイメージなので、どんな曲でもいいという訳にはいかないんです」

「それを選曲するのが、君の腕だろう」

「そりゃそうですが、頭っからオリジナルで持っていきたいんです」

「あてはあるのかね？そのオリジナルとやらに」

修の顔を思い出した。

「まだ決めてませんが、一応」

「音はできてるのか？」

「いや、まだです」

「間に合うのか？」

「間に合わせます」

「……」

「……」

「生田君、君はオリジナルソングにかなりこだわっているけど、それは、もしかして私情が絡んでいるということはないよね？」

少し間をおき、彼は、いつもと違って遠回しな物言いに変わった。

「どういう意味ですか？」

「君は以前、音楽の方を目指していて、レコード会社に一度就職しているよね？」

私の履歴は、当然調べているだろうことは察しがついた。

「はい、そうですが、今回は関係なく、シュールのイメージを第一に考えています」

「わかった、じゃあ、レコード会社も動いてくれそうなのか？」

「明日、知り合いのディレクターがこっちに来ることになってます」

「そうか。それじゃ無駄金にならないようにな」

矢崎は、最後は妙にあっさりと承諾してくれた。意外だった。

私は、電話を切ったあと、十年以上前のことを思い出していた。

仙台で過ごしていた高校三年のとき、シンガーソングライターを目指していた私に最初のチャンスが巡ってきた。地元の楽器店主催のオーディションで認められ、そこの店長と知り合いという東京本社の担当ディレクターと会うことがあった。業界のことは何も知らない私は、その担当者から『うちのレーベルで必ず出すから、他と会ったりしないように』と念を押され、大学に通いながら何曲ものデモソングを彼に送ったが、『もうちょっとだなあ、もっとこんな感じの曲を作れないかな』、何度となくそう言われ、曲を書き込んだ。

しかし、時間だけが過ぎ、大学四年目に入ったころ、担当者からの連絡が途絶えた。

私は上京し、彼の会社を訪れたが、その担当者は退社したあとだった。『うちのレーベルで必ず出すから』と言われていたことを彼の上司に会って話したものの、『何も聞いてないな、契約書とかあるの？』と、逆にきかれ、何も言い返せなかった。

仕方なく、その後、他のレコード会社のオーディションを受けたりもしたが、結局ものに出来ず、自分で自分の才能に見切りを付け、生活のために就職の道を選んだのだった。

大学卒業後、夢の欠片を捜すようにレコード会社に就職、だが、挫折していまの仕事に就いた。矢崎専務が言ったように、自分のこだわりを引きずっているのかもしれない。

# 五

その夜、何日か振りで涼子に会った。

私が東京出張のとき、シュールで買ってきたレモンイエローのワンピースを着た彼女が、女子学生会館の前に立って待っていた。

遠目に見ても、ハッとするような美しさと気品が感じられる。

だが、助手席に乗った涼子にいつものような明るさがない。

「どうかしたのか？」

「別に……」

「夕食は？」

「まだ……、でもそんなに欲しくないです」

「具合でも悪いのか？」

「そんなことありません」

私はあてもなく車を走らせていた。時折、暴走族風の車がタイヤをきしませて脇を猛スピードで走り抜けていく。

「ミーと、何かあったんですか？」

涼子は前を見たままきいた。

「いいや、別に」

「さっきミーに電話したんです。何か気になって……、そしたら、最初は『何でもない』って言ってたんだけど、『生田さんとどこまでいってるの？』ってきくんです」

「で、何て応えたんだ？」

何となく気になった。

「応えなかった。『関係ないでしょう』って言っただけ」

「それで？」

「わかんない。でもミーは生田さんのこと好きになったんじゃないかと思って……。あの誕生パーティーのとき、何となくそんな気がしてて……。だから彼女にアルバイト紹介するときも少し不安だったんです」

「でも、僕は別に何も感じてないからいいじゃないか」

「ホントですか？」

彼女が私の横顔に視線を移した。

「そうだよ」

昨夜のことを思い出しながらも、そう言い切った。

「嬉しい。でもミーは案外大人だから。私より可愛いいし、それに精神的にも強いから」

意外だった。美奈は確かにしっかりしてはいるが、子供っぽい笑顔やその仕草からは、どこにも強さのようなものは感じられなかった。

「あー、安心したらお腹空いちゃった。何か食べましょう？」

いつもの涼子に戻っている。

車を走らせ、北海道神宮の近くにある、小さなレストランの前で停まった。

店は空いていた。

「ミーって可愛いいでしょう？」

涼子は、まだそのことにこだわっている。

食事が運ばれてきた。

「ねえ、そうでしょう？」

「もうその話はいいよ。涼子ちゃんの方が素敵だよ」

「また、涼子ちゃんって言った」

「そうだった、涼子の方が可愛いよ」

私は本心からそう言ったが、

「でも、もしミーに迫られたらどうします？」

私はまた、昨夜、間近で見た美奈の真剣な眼差しを思い出した。

あのときの美奈の表情には、いま考えてみると子供っぽさはなかった。

無言でナイフ、フォークを使っていると、涼子は真剣な表情で、

「私って、魅力ないですか？」

「もういいって。それより土曜日行くんだろう？ライブ」

「ええ、飛行機雲のですよね。一緒に行けますか？」

「いや、それは無理なんだ。どうせ広い会場でもないから向こうで会えるとは思うけど、東京から客が来るんだ。そのライブを見にね」

「そうなんですか……」

涼子はがっかりした様子を見せたが、

「わかりました。それで誰がいらっしゃるんですか？」

と、明るい笑顔に戻っている。

（涼子には、話しておいた方がいいか）

今後の展開のことも考えて、そう思った。

「昔の友達なんだけど、今はレコード会社でディレクターをしてるヤツがいてね。ちょっとしたいきさつで飛行機雲に興味を持ってるんだ」

「ホント？レコード会社の人が？」

涼子の顔がパッと明るく輝いた。

「ああ、だがこれは誰にも話さないでいて欲しいんだ」

「どうしてですか？」

私は新庄の、単に期待を持たせるわけにはいかない、自分でイケルと思った時点で声をかけたい、という考えを説明した。

「僕も彼と同じ考えだし、それに、これは自分だけの思惑なんだが」

「……」

「もし、はまる曲が出来ればの話だけど、シュールのことをテレビやラジオスポットで流したいと考えてるんだ。ただ、これについては土曜日に来る友人にも話してないからね」

「じゃあ、私と生田さん、二人だけの秘密ってこと？」

「まあ、そういうことになるね」

涼子はワンピースのスタンドカラーの合わせ目に片手を当て、少しだけ目を下に落として微笑んでいる。

「わかりました、絶対誰にも言いません。生田さんも他の人には話さないんでしょう？」

「そりゃ気持ちが決まれば別だけど、今のところはね」

「ミーにも？」

「もちろん。美奈ちゃんや一緒に仕事をしている飛田にも話さないよ」

まだ美奈のことにこだわっているのかとも思ったが、涼子は嬉しそうな顔を見せている。

ライバル心が芽生えたのかもしれない。

「ところで、夏休みは小樽に帰らないの？」

話題を変えた。

「どうしてですか？」

彼女は、笑顔を見せずにたずねる。

「どうしてってこともないが、一人娘だし、家でご両親が待ってるんじゃないかと思ってさ」

涼子は視線を落として口を開いた。

「帰らなきゃいけないんです、ホントは。小樽から通学してる友達だっているし、札幌に住む条件として月に一回は週末帰って来ること、夏休み冬休みなんかのときも帰って来ること、って約束させられてるから。こっちでのバイトも決めてないので……」

「じゃあ、帰ってあげなきゃ」

涼子の、母と呼ぶには若過ぎる感じがした母親の顔を思い浮かべた。

「でも……、なんだか心配なんです」

涼子は目を伏せた。

長いまつ毛が、赤みがかった明かりに震えているように見える。

「何が？」

「……」

おそらく、美奈と私のことだろうと思った。

「心配ないよ、私のことだったら。それに小樽なら近いし、いつでも会いに行けるし、君だってその気になれば出て来れるだろう？」

「……」

涼子は目を伏せたままで、またワンピースの襟元を合わせる仕草を見せた。

レストランを出て、再び車に乗った。彼女の住まいに向かって走る車中、口数は少なくなってきていた。学生会館の表示が目にはいると、彼女は意を決したように、

「今夜、私……、帰りません。泊めてください」

「何を言い出すんだ」

「お願い」

「外泊なんかしたら、親の方に連絡が行くって言ってたじゃないか。それにこの前、パースを描いてくれて遅くなったときも『今度こんなことがあったら、連絡しますよ』って管理人さんに言われたんだろう？」

「うん。でも構わない」

「いいから、帰った方がいいよ」

「私って、やっぱり魅力ないんですね……」

「そんなことはないよ」

学生会館近くに車を停めた。

もうすぐ門限の十一時だ。

涼子は体を横にして、強い力で抱きついてきた。

しかし、私は軽くそれを受け止めた。

美奈のことが彼女をそうさせたのだろう、と思った。

私の中に、複雑な思いが交錯した。

涼子はふいに体を離すと、濡れたような瞳で私の目をのぞき込みながら、

「私、生田さんのこと……」

「……?」

「おやすみなさい」

泣き笑いの顔でそう言うと車から降り、小走りに駆け出して行った。

遠ざかるレモンイエローの後ろ姿を目で追った。

体に涼子の繊細な感触と共に、かすかに耳障りな音が重なり始めていた。

# 第五章　不協和音の増幅

一

　コンサート当日の土曜日、久し振りに休みを取り、千歳空港まで新庄を迎えに車を走らせていた。

　仕事は、順調に進んでいた。

　空港に着いてから、一応飛田に連絡を入れたが、

「とくに問題ありません、大丈夫です。僕もこれから帰るところです」

と、元気な声が返ってきた。

　彼も自信がついたらしく、私が不在のときも、テキパキと仕事をこなしている。

　新庄が姿を現した。

　見ると、同棲中の幸恵という小柄な女性も一緒だった。

　ペアルックなのかどうか、二人共ジーンズにTシャツ姿だ。

　新庄は私の姿を見つけると、片手を上げて近づいてきた。

「やあすまんな。サッチも一緒なんだけど、よろしく頼むよ」

　幸恵は申し訳なさそうな笑顔を見せて、頭を下げた。

　新庄は助手席に、幸恵は後部座席に乗り込んだ。

「こっちの夏はいいなあ、空気が違うよ、なあ？」

新庄はクーラーが入っているのに構わず窓を開け、幸恵を振り返った。

私は暑く感じていたが、東京のそれとはやはり違うのだろう。

「私、初めてなんです、北海道は。だから連いて来ちゃって」

幸恵は気にしているようだったが、

「いえ別に、私は構わないですよ、どうせ気楽な身ですから」

そう言うと、新庄は、

「なあ、そうだろう？こいつはそういう奴なんだ。気にすることはないよ。今度東京に来たとき、家に泊まってもらえば、おあいこじゃん」

そう言って私の方を見た。

私も、笑ってうなずいた。

「それに、あれなんだ。サッチを連れて来たのは、今日のライブを聴かせようと思ってさ。いまオレが手がけてるアーティストも、実を言うとサッチが掘り出してきたんだ。意外とそういうセンスは持ってるんで、オレ一人よりも後々いいかなと思ってさ」

新庄は、真顔で言うと、

「そんな、私が掘り出してきたなんて」

幸恵は首を横に振りながら、慌てた様子で言った。

「だってそうだろう？わざわざライブにレコーダー持ち込んでさ、録ってきた音をみんなに聴かせて回っただろう? サッチがあれをしなかったら〝絵理香〟なんて未だに埋もれてたかもしれないだろう」

(彼がいまアルバム作りをしてるのは絵理香なんだ)

初めて聞いたアーティストの名前から、その顔を思い浮かべた。

ここ三、四ヶ月の間に、続けてヒットを飛ばしているシンガーだ。

ごく身近なテーマを題材に、若い女性のハートを捉えているようだ。

「やっぱり、ファンは女性が多いんだろう?」

私は、それを思い出してたずねた。

車は、高速道路に入っている。

「ああ。こっちにもファンレターが来るけど、九割方女だな。ターゲットは若いOLに絞ってるんだ。ただ、ファンレターをくれるのは中学生が多くてな。中には小学生もいるよ」

新庄がそう言うと、幸恵が後ろから口を出した。

「そりゃそうよ。私たちくらいの年代になると、いいなって思ってCDは買うけどファンレターは出さないもん」

「あれ、サッチはまだ中学生じゃなかったっけ?」

新庄は振り向き、笑いながら言うと、

「またあ、すぐ」

幸恵は、新庄の頭を指で軽くこずいた。

「ところで、昼飯食べたか？」

今日はゆっくり起き出し、そのまま車を走らせたので、食事はまだだった。

「朝は一応食べさせてもらったけど、いいよ、付き合っても」

「一応はないでしょう？一応だなんて」

新庄の言葉に、幸恵は不満げに、しかし笑いながら言う。

札幌市内に入ってすぐのレストランに車を着けた。

土曜日とあって、二時を過ぎていたが店は混んでいる。

三人は少し待って席に案内された。

「今日のライブなんだが、彼らの歌を聴いてもらってから話そうと思ってたんだけどな」

食事が運ばれて来る前に、私は自分の考えを切り出した。

九月にオープンするシュールについて、自分が宣伝関係のプロデュースをしていること、その電波媒体のスポットに飛行機雲の曲を使い、それを新庄のレコード会社で扱ってもらえないか、と私は考えていたことを一気に説明した。

「九月か？」

新庄は眉の間に縦皺を走らせ、深く腕組みをした。

「まあとにかく、聴いてみた上でだな。それにしても二ヶ月……、オープンは何日だっけ？」

「九月十五日」

彼は、腕組みをしたまま身を乗り出した。

「もしも、だが……、もしも可能性があってレコーディングに持ち込んだとしてもだ、製品は間に合わないだろうな」

「最悪の場合、ＣＭに間に合えばいいんだが。ただ製品が間に合えばノベルティとして使ってもいいと思ってる」

私はＣＤを顧客へのプレゼントとして使う予算も、その中に組み入れていた。

「何枚？」

「千枚くらいかな、とりあえず」

「千枚か……」

新庄は体をソファの背にもたせ、天井に目をやった。

「それにしても、乱暴な話だな」

「それはわかってる。原盤に関わる費用はこっちで持ってもいい」

「いや、そんな話じゃなくて、原盤を全部持っていかれたんじゃやる意味がない。わかってるだろう？そんなことくらい」

新庄の顔は、すっかり仕事のそれに変わっていた。

「お二人さん、冷めちゃいますよ。仕事の話は後回しにしたら？」

運ばれてきたパスタを、幸恵はもう食べ終えようとしていた。

私たちは、ランチメニューのステーキを無言で食べ始めた。

幸恵は、目を合わせないようにして、ナイフとフォークを動かしている私たちに、

「でも、そんな感じで持ち込まれた仕事、一度やったことがあるわ」

「それって、ちゃんと編成会議を通してか？」

新庄が少し怒ったような口振りで、幸恵の顔を見た。

「そう、まだシンちゃんが制作に来る前だったけど、あの頃チーフディレクターだった人が、ほとんど自分のペースでこなしちゃったの。ちょうど彼がヒット曲を手がけたすぐ後だったから」

レコード会社では、ヒット曲を出したディレクターやプロデューサーは権限が強くなり、種々の予算も楽に取れるという話を聞いたことがあった。

「だから、あくまでも聴いた上でだけど、絵理香のアルバムにしても、もう予約が入ってるくらいだから、あなたがその気になればできないこともないと思うけど」

幸恵は、新庄に向かって言う。

「……」

彼女は、新庄と私を交互に見ながら、

「とにかく、今から何だかんだ言っても仕方ないでしょう。生田さんも同じですよ」

（確かに、性急過ぎたな。今からこんな話をしてもどうなるものでもない）

幸恵にたしなめられ、うなずいて新庄に目をやった。

彼も私の顔を見て、そして新入社員の頃、失敗したときに見せた、顔半分でウィンクするような笑いを見せた。

私たち三人は、六時開場のホールに入った。

アマチュアバンドがよくやるライブ会場は大抵狭いのだが，ここは二百人以上は収容できる、中が階段式になっているホールだ。

受付には彼らの友人と思われる大学生数名と、涼子たち女子大生グループがすでに来て、モギリと当日券の販売をしている。

私の姿を見つけると、涼子より先に美奈が、頼んでおいたチケットを片手に小走りに駆け寄って来た。

「サンキュー」

私はそう言いながらも、涼子の視線を意識していた。

美奈は私に近づき、ニッコリ笑いながら小声で、

「お友達ですか?」

「まあ、そんなところだ」

素っ気なく、受付に向かおうとしたが、

「私、生田さんの事務所でアルバイトさせてもらっている美奈、通称ミーといいます。よろしくお願いします」

と、新庄と幸恵に向かって、両手を膝に揃え挨拶をした。

新庄は私に一瞬目をやり、そして自分と幸恵を紹介した。

私はそれが終わるか終わらないうちに、受付に向かった。

プログラムを手渡している涼子と目が合った。

笑みを見せてはいるが、不快感と不安感は隠せない。

他の友達も、私の方を注視しているようだ。

「ごくろうさま、大変だね。お手伝いいかい？」

私は作り笑いを浮かべながら、誰に言うともなしに言ってチケットを手渡し、涼子から単色刷りのプログラムを受け取った。

涼子の、少し寂しげな表情が見て取れた。

新庄と幸恵が、私の後ろに続いている。

会場の入口に行きかけ、後ろを振り向いた。

涼子も美奈も、私の後ろ姿を目で追っていたらしい。

涼子にだけ視線を合わせ、手招きした。

彼女は、近くの友達に何か言ってから近づいて来た。

今日も、レモンイエローのワンピースだ。

私は二人に涼子を紹介した。

「ああ、君が。さっき聞いたよ。生田のためにパースを描き直した人だよね？」

「はい」

涼子は、明るい笑顔で答える。

「小樽には、いつ帰るんだ？」

「今夜です。これが終わってから」

「そうか、じゃあ時間ないか」

ライブが終わったら、涼子を誘おうと思っていた。

「でも、明日でも構わないです。電話入れとけば」

「じゃあ、終わってから食事に行かないか？一緒に」

涼子の目が、嬉しそうに輝いた。

「はい、わかりました。じゃあ終わったら出口のとこで待ってます」

「友達の方は？いいの？」

涼子の背中越しに、美奈の視線を感じながらたずねた。

「構わないです。話しておきますから」

「それじゃ、後で」

二人を促して会場に入り、後ろの隅の方に座ろうとしたが、新庄は中央の真後ろ、ミキサー、つまりマイクの音量などを調整する調整卓のすぐ後ろに陣取った。

新庄を真ん中に、私と幸恵が両脇に座った。

新庄はニヤッと笑いながら、

「おい、いまの涼子さんっていうのが本命か？」

「……」

「その前の、お前のところでバイトしてるって娘も、その気があるんじゃないのか？」

「そんなことはないさ」

「そんなことあるさ。この色男が！」

新庄は笑いながら私の肩を叩いた。

「二人とも、綺麗な子たちね」

幸恵が、私の顔を見ながら言った。

「いや、サッチの方が可愛いいよ、愛してるよ」

新庄の言葉に、幸恵は例の仕草で彼の脇腹をこずいた。

開演時間が近づくと、会場は急に混雑し始めた。

（立ち見が出そうだな）

人の流れを目で追いながら、そう思った。

六時半、会場が暗転し、ドラムソロの音が突然響き渡った。

最初に女性バンドが演奏を始めたが、新庄も幸恵も大した関心を示さなかった。

「まあ、最近よくあるスタイルだな、なあ？」

新庄は、横に座っている幸恵に目をやった。

「うーん普通ですね、これは」

「悪くはないけどね」

幸恵の言葉に、新庄は付け足すように言った。

会場の照明が落とされ、ステージが明るく照らし出された。

田所修が、ジーパンにTシャツ姿で、フォークギターを引っ提げて出てきた。

拍手が沸き起こった。

会場の照明は、人の顔が見える程度にしか絞っていない。

修はステージのセンターに用意してあったパイプ椅子に座り、ボーカル用とギター用のマイクをセットしている。

マイクを動かす音が、会場に響く。

ギターを構えると、自己紹介も曲紹介もなしに弾き始めた。前回見たときとは違い、ピックを使わずフィンガー奏法を使っている。

曲の出だしは、ストロークにしてもアルペジオにしても、最近はピックを使うプレーヤーが多い中で、彼は指の動かし方も滑らかだ。

歌が始まった。

重く、それでいて囁くような歌声に、会場は静まり返った。

単々とした歌い方だったが、心に染み入るような感じがする。

(この前の学祭のときとは、雰囲気が違う)

聴きながら、これが彼の本来の持ち味なのだと思った。

二曲目が始まると、会場の照明が落とされ、ステージはスポットライトだけになった。

修の姿だけが見える。

今度は、いまの曲以上に悲しげなラブソングだ。

（おやっ、この歌は）

それは、涼子が詞を書いたあの曲だった。ギター一本で語りかけるように歌っていたため、最初のうちは全く別な曲に聞こえていたが、確かにあれに違いなかった。

静まり返った会場に、ギターのつまびく音と修の切なげな寂しげな歌声が流れている。

その後、何曲か歌い、最後の曲は、最初歌っていた女性ボーカルがマイクを片手に登場、コーラスに加わり、アップテンポの曲で、会場も手拍子を打ち始めた。

幾度となく、リフレインがくり返され、会場全体が熱気に包まれてきている。

前の方の席では、立ち上がる女の子も出始めた。

演奏が終わりアンコールの声がかかったが、ライブはそのまま幕を閉じた。

二

受付の横に人だかりができている。

しかし、涼子の姿は見えない。

近寄ってその人混みの間から見ると、どうやらCDを販売しているらしい。自主製作の、いわゆるインディーズものだ。販売は例の女子大生グループがしているようだが、やはり涼子はその中にはいない。

私は千円札を渡し、ケイと呼ばれる女性から飛行機雲のCDを買い求めたが、彼女はそれを渡すとき私の目を見て意味ありげな笑いを浮かべた。

買ったCDを無言で新庄に渡した。

もう一度、辺りを見回してみたが、涼子の姿が見えない。

幸恵も私に真似て、少なくなってきた帰り客を目で追っている。

(外で待ってみるか)

二人を促して、外に出た。

今日は夜になっても、気温が下がらない。

黙っていても汗ばむような空気が体を包む。

ビルの陰から、涼子が駆け寄って来た。

「どうした?受付にいると思っていたのに」

涼子は新庄と幸恵に会釈すると、

「とにかく、行きましょう」

と私の腕に軽く手をあて、先に立って歩き出した。

最近会ったときショートカットだった涼子の髪が伸び、レモンイエローの背に揺れている。

「何食べたい?」

私は歩きながら、後ろについて来ている新庄と幸恵を振り返った。

腕を組んで歩いていた二人は、顔を見合わせた。

「私、カニ食べたい」

幸恵が、私の方を見て言った。

「バカ、カニなんてこっちでも高いんだぞ」

新庄が言う。

「だって、北海道って言ったら」

信号のところで立ち止まり、幸恵は新庄を見上げるような格好で少し口を尖らせた。

「了解です。いい店があるからそこに行こう。大丈夫、そんなに高い店じゃないから」

私は笑いながらそう言い、青に変わった信号を渡り始めた。

軽く私の腕に手を当てていた涼子が、ちょっと顔をしかめながら、

「すみません。今日は何だか抜け出しにくかったんです」

「どうした?」

「ミーかな、何か雰囲気が違ってたの」

「……」

「私、生田さんのこと信じてていいんですか?」

涼子は、私の目をじっと見つめた。

「……」

「今日、変なこと聞いちゃったんです」

涼子は目をそらし、うつ向き加減で言った。

横顔に少し陰りがあった。

「ミーと、この間スナックで会いましたよね。その後はどうしたんですか？」

「……」

「ミーが生田さんを、部屋まで送って行ったんじゃないんですか？」

美奈が何か言ったらしい。

涼子は下を向いたままだったが、私はうなずいた。

彼女は私の腕を、一瞬、強く握った。

「変に誤解されると思って言わなかったんだが、実はあの日、珍しく悪酔いしちゃってね、それで送ってもらったんだ」

涼子は顔を上げ、私の目を見つめた。

夏の暑さが、彼女の目に反射しているようだ。

私は息苦しさを覚えた。

「それから？」

「それだけだよ。そのまま僕は寝てしまったから」

私は、目をそらさずに言った。

「ホント？」

涼子の目から、何かがこぼれ落ちそうになっている。

「本当だ。信じて欲しい」

涼子を失いたくないという気持が強く働いていた。

女に、こんな気持を抱いたのは初めてだった。

涼子は下を向いたまま、

「だって、言ってたんです。ベッドまで運んでもらったんでしょう？」

「ああ、しかし何もなかった」

私は空いている右手で上着のポケットを探り、ハンカチを取り出して涼子に渡した。

涼子は後ろの二人に気付かれないように、汗を拭く仕草でハンカチを目に当てた。

「わかりました。もう何も言いません」

彼女は目を上げ、私を見て微笑んだ。

「これ、洗って返します」

涼子はハンカチを握りしめたまままそう言った。

「おーい、まだ歩くのか」

後ろから、新庄の声が聞こえた。

間もなく目的の場所に着いた。

「いらっしゃいませー！」

暖簾をくぐると、明るい威勢のいいかけ声が聞こえてきた。

ここはススキノから少し西に外れた、カニ料理で定評がある料理屋だ。

「二階、空いてる？」

私は顔馴染みの仲居にたずねると、

「どうぞ、どうぞ、空けて待ってましたよ」

四人は靴を脱ぎ、二階の座敷に上がった。

運良く、四人用の個室が空いていた。

腰を落ち着けると、

「何にいたしましょうか？」

と、案内してくれた仲居がきいた。

「ビールと、後はカニづくしにしてもらおうかな、私はノンアルコールビールで」

そう言って、冷たいお絞りを手に取った。

「いい店じゃん。よく来るのか？」

新庄が額の汗を拭きながらきいた。

「いや、客があったとき年に何回かってとこかな。それよりさ、飛行機雲どうだった？」

私は早くその返事がききたかった。

新庄は前よりも明るい色の茶髪をかき上げながら、

「思ってたより、と言っちゃ失礼か。だが、はっきり言って思ってたより良かったよ。最近はさ、男でも高音がどこまで出るかって感じで、軽い声が多いだろう?彼の声はその逆なんだよな」

「それでどうだ?モノになりそうか？」

「それははっきりとは言えんが、まあ可能性はあるかな」

「それじゃ、今回間に合わせられるのか?」

新庄は少し間を置き、腕組みをした。

飲み物が運ばれて来た。

乾杯が先になった。

新庄は、私の質問には答えず、

「ところで、あのボーカルの男、何て名前だっけ?」

「田所修って言うんだが、通称シュウで通ってるらしい」

私は涼子の顔を見ながら言い、彼女も小さくうなずいた。

「シュウか。あいつ一人なら何とかなるかもしれないが」

「うん……」

彼の言っている意味は、何となく察しがついた。

「最初の方で弾き語りしてただろう?あっちの雰囲気の方が面白いと思うんだ」

私も、それについては同感だった。

「だから、ソロでならいけるかも。だが、これはオレの判断だからな」

新庄は口元のビールの泡を手で拭いながら言った。

「詞と曲はちょっと手直ししたとして、あのバックバンドとコーラスはなくていいなあ」

「と言うことは、他のメンバーはいらないということか」

「んー、だな。必要なときだけ他のプレイヤーをトラで使えばいいかな」

「……」

「もし本格的にやるんだったらな。単発仕事なら、他のメンバーがいてもいいが」

「……」

「キャンペーンするにしても、四人一緒じゃ金がかかり過ぎて満足にできないし、引き受けてくれる事務所も難しいと思うな。それに、音楽的にいって弾き語りの方が味があるよ」

「じゃあ、完全にギター一本でか？」

「いやウッドベースにギターもう一本、それにオリンとフルートみたいな木管系があればいいかな？」

新庄は、指を折りながらそう言った。

オリンとは、バイオリンのことだ。

刺身の盛り合わせと、カニと何かの和え物が運ばれてきた。それとは別に、大きな毛ガニが大皿に載せられている。

「さあ、どうぞ、まずは食べましょう」

私は幸恵に言い、涼子にも目でそう促した。

新庄は切り身の入ったカニの足を手に取った。

涼子が新庄に向かって小声で、

「あのう、ちょっといいですか？やはり、今のメンバーじゃ無理なんでしょうか？」

「……？」

新庄はカニを口に運ぶ手を止めて、涼子を見ている。

「あのグループは三年以上一緒にやってきていて、田所さんの性格からして、自分一人だけっていうのはできないような気がするんです。だから……」

「そうだよね、わかるよ。でもねえ、趣味で続けるなら別だけど、プロの世界というのは端で見るより厳しいんですよ。東京なんかだと直接売り込みに来る連中も多いし、みんなチャンスを狙ってますからね」

新庄は私に向かって言うよりも、数十倍やさしい口調と顔で涼子に言ったが、彼女は小首を傾げて新庄を見ている。

「だからね、まるまる結成当時のグループでデビューできるというのは珍しくて、その中でプロとしてやっていける人だけを育てていく方が、僕は彼等に対しても親切だと思うんですよ」

「……？」

「まあ、今からここまで話すこともないかもしれませんがね。ボーカルの彼は別にして、他の三人はプロになる気はないんでしょう？」

「さあ、それはわかりませんが」

涼子は、うつ向き加減で言った。

新庄は困ったような顔付きで、私の顔を見た。

三人のやり取りを黙って聞いていた幸恵が、

「その辺のことは先の話でいいんじゃないの？まず今回の話が時間的に間に合うかどうか、ということでしょう？　それから、その田所さんがソロであろうとグループであろうと、今回の話に乗ってくるかどうか。そしてもしＯＫだとして、今ある曲でそのまま使えるかどうか、使えるとしたら後ろから追っかけてレコーディングのタイムリミットを決めた方がいいんじゃないかしら？　ひとつひとつ、やるという前提で話を進めていって、その上で問題が生じたら、この話はパスということにしたら？」

修正案といった感じで口を出した。

「幸恵さんはどう思ってるんですか？　彼らの演奏」

私は何となく、幸恵の意見が成り行きを左右するような気がしてきいてみた。

「私は正直いってよくわかりませんけど、音楽なんていくら周りが計算して作っても、売れるかどうかまではわからないと思うんです。実際みんな売れると思って作ってますしね」

そう言って、自分に視線が集まっているのを感じてか、照れ臭そうな笑顔を見せ、話を続けた。

「私もソロの方がいいかなって思いましたけど。ああ、完成品に近いという意味でですけどね。ただ、他の三人が加わったとき、リーダーの田所さん？　シュウさん？　彼がイキイキしてきたのと、プロに成り切ってない素朴さみたいのを感じたんです、そのときも……」

「だから？」

新庄が、先の結論を促した。

「だから、やるという前提でシンちゃんとか、生田さんの意見を、そのまま彼らにぶつけてみたらどうなんだろうって。彼だけに話してもいいけど。私はどちらでも面白いと思いますよ。ソロでもグループでも」

幸恵は、涼子と目を合わせてうなずいた。

新庄は手を拭いていたお絞りを、軽くテーブルに投げ出すと、

「よし、そうしよう!生田の方でCM流してくれるって話だし、やるっていう前提で進めてみよう」

妙にあっさり決めたものである。

「連中との交渉は生田、お前に任せる。オレは早目にレコーディングできるように社内で動いてみる。それでいいな」

新庄はそう言って、残っていたビールを勢いよく飲み干した。

三

その店を出た後、私は美奈とのことでわだかまりを感じている涼子の気持ちを察し、いつものスナックに行くのはやめて、自分の部屋で飲み直そうと思っていた。

アルコールは入っていなかったので、車の運転に支障はなかった。

私たちはタクシーで会社近くの駐車場まで行き、自分の車に乗り換えた。

助手席に涼子が、後部座席に新庄と幸恵が座っている。

「ところで、小樽には連絡した？」

前を見たまま涼子にきいた。

「ううん、まだ、いま電話してみる」

「……、もし帰る気があるなら、小樽まで送るよ」

涼子は、迷いながらも電話をかけた。

「涼子さんって、小樽から通ってるのか？」

新庄がきいてきた。

「いや、住まいはこっちなんだけどね。小樽に実家があって今日帰る予定だったらしい」

「そうか、実家か」

新入社員で福岡にいた頃、新庄と飲みながら話したことを思い出した。

彼は長野、私は仙台出身だった。

「最近、仙台には帰ってるのか？」

新庄も同じことを考えていたのか、私にそうきいた。

「いや、東京には行くけど。帰ったのは三年前の正月かな」

「そうか、オレもしばらく帰ってないからさ。まあ今度の夏休みあたりには、サッチを連れて一度行かなきゃと思ってるけどな」

「ホント？」

新庄の珍しくしんみりとした口調に、幸恵は嬉しそうな声をあげた。

涼子の長電話が終わった。

「どうなった？」

涼子の表情がさえない。

「う……ん、母はいいって言ってくれたんですけど、父がどうしても帰って来いって」

力なく答えた。

「まあ、仕方ないだろう。おい新庄、小樽までドライブするぞ」

私は努めて明るい声でそう言い、後ろを振り返り車を出した。

「いいねいいね。小樽といや、やっぱり寿司だな」

「何言ってんの、食べたばかりでしょう。最近中年太りに近いんだから、少し控えなきゃ駄目よ。お風呂上がり体重を計るたびに『太ったなあ。よしジョギング始めるぞ』って言ってるくせに」

幸恵の言葉に、私は涼子の顔を見ながら、

「この二人、会社には内緒らしいけど一緒に暮らしてるんだってさ。近々結婚するらしいよ」

涼子は、振り返ると二人に向かって、

「そうなんですか、いいですね。おめでとうございます」

「いや、大しておめでたくはないよ。もう、つかまっちゃったって感じでね。やることもやったし、そろそろ別なのを捜そうかとも思ってるんだ」

新庄はそう言った後、

「イテーッ、本気でやったなー」

という、彼の大声が聞こえた。

どうやら、また肘鉄をくらったらしい。

涼子は笑いながら私の方を見ている。

車は、札幌バイパスに入り込んだ。

「あっ、きれい、見て見て！」

幸恵が声を上げだ。

右手に小樽の夜景が見えている。

窓を開けないまでも、潮の香りが漂ってくるようだ。

幸恵が、涼子の肩に軽く手を置いて、

「ねえ涼子さん、パンフレットで見たことあるんだけど、小樽運河ってきれいなんでしょう？」

「そうですね、子供の頃から行ってたけど、今は整備されてとてもロマンチックな雰囲気ですよ。特に夜は」

「行ってみたいなあ」

幸恵が子供がおねだりするように、私にわざと聞こえるように言う。

「じゃあ、チラッと散歩していくか」

私は涼子の方を見ながら言うと、彼女は、嬉しそうな顔を見せた。

時間が遅いせいか人影は思ったより少ないが、それでもベンチにカップルが肩を寄せ合って座っている。
四人は車から降りると、新庄と幸恵は腕を組んで遊歩道を歩き出した。
私と涼子は、近くのベンチに腰を下ろした。
運河沿いに昔風のガス燈が連なり、はかない浮き草のように水面に漂っている。
涼子はゆっくりと身体をあずけてきた。
私は、涼子の細い肩に手を回した。
目と目が合った。
涼子の目がガス燈の光を映しているかのように、濡れて輝きを帯びている。
肩に回している手に力を込め、強く抱き寄せた。
涼子は頭を私の胸の上の方にもたせかけた。
潮風とは違う、甘い髪の香りがする。
触れている手が、汗ばんできているのがわかる。
足音が聞こえ、私は涼子から少し離れた。
幸恵が橋の方から小走りに駆け寄り、私たちの目の前で腕組みをして、
「見いちゃったもんねえ」
新庄は笑いながらゆっくり歩いて来る。
私たちは立ち上がった。
見ると、涼子は顔を赤らめている。

幸恵は悪戯っ子みたいな笑いを見せながら、

「私たち、向こうの橋を回って向かいの通りを歩いて戻って来たのよお。そしたら熱いとこ見せつけられちゃって。お似合いよ。映画のワンシーンみたいだった」

新庄は、近づいて来ると、

「おーい、わりいな、知らんふりしてろって言ったんだけど、こいつったら」

「私たちはあんなシーンあった？ロマンチックな……」

幸恵は恨めしそうな顔で新庄を見上げた。

「なかったさ。だって酔っぱらってて、気がついたらラブホだったろう」

「バカッ！人前でそんなこと」

「おおっとー」

幸恵は手を上げて新庄に近づいたが、彼はそれより先に走って逃げ出した。幸恵は手を振り上げたまま彼を追いかけ回す。

涼子は私の目を見つめ、

「ホントに仲がいいんですね、お二人は」

走り回る二人を目で追いながら、笑ってうなずいていた。

「さあ、送って行こうか。そろそろ心配してる頃だよ」

涼子の肩に手を置き歩き出した。

彼女を送り、私たち三人は札幌の自宅に戻った。

その夜、幸恵を私のベッドに寝かせ、私と新庄は居間に敷き布団とタオルケットだけで雑魚寝したが、三時過ぎまで昔話や今回の仕事について話し込んでいた。

その話の中で、新庄が、

「やっぱり、シュウの感触だけつかんでおきたいから、できれば明日一緒に会ってから帰りたいな」

と言い出した。


翌朝は、十時過ぎに目を覚ました。間仕切りのアコーディオンカーテンが開け放たれ、幸恵の姿はもうベッドにはなかった。

新庄に声をかけ、無理矢理起こした。

服を着替えて間もなく、幸恵がビニール袋を両手に下げて帰って来た。

彼女はキッチンに荷物を置くと、

「遅くなっちゃって。まだ寝てると思ってたのに」

新庄は袋をのぞき込みながら、

「お前、何買ってきたんだあ?」

「朝食の材料よ。だってご馳走になってばかりじゃ。お返しして帰ろうと思って」

「サッチの作った物を食べて、生田が会社に行けなくなったらどうすんだよ」

「また、すぐそんなことを言う」

幸恵は笑みを含んだ目で新庄をにらんだ。

彼女は冷蔵庫を開けて買ってきた物を入れ、残りの品を調理台に並べ始めた。

「ところで、ヤツに今日会えるかな?」

新庄はソファに座ると、真面目な口調で言う。

(昨夜車の中の話で、涼子は修の居所は知らないと言っていたし)

知ってるかどうかは別にして、連絡を取る唯一の方法は、美奈にきいてみることだったが、また涼子に変に誤解されることを怖れていた。

私は、壊れやすいガラス細工を涼子に感じていた。純粋で透き通る、一点の曇りもない透明な輝き。美しくももろいガラス細工。汚れやすい現代にあって、それは限りなく貴重なものに思えた。傷つけてはならないと常に自分を戒めていた。

以前、小樽のガラス工房を訪ねたことがあったが、溶けて燃えさかる原球の赤と、そこから生まれる海のような透明なブルー、涼子と接する度にそんな細いガラス細工を連想していたのだった。それは、手に触れただけで壊れてしまいそうな気さえする。

「おい、どうなんだ。連絡取る方法はないのか?」

新庄が再びたずねる。

私は返事をせず、涼子の携帯に連絡を入れた。

「はい、涼子です」

「昨夜はどうも」

「わたしこそ、すっかりご馳走になってしまって。今どこですか？」

札幌からだと言うと、彼女はがっかりしたような声を出した。

「で、何でしょうか？」

「うん、新庄が田所君に会いたいって言うんだけどさ、連絡先わからないかな？」

「昨日も言いましたけど、私はよく知らないんです。ミーなら知ってると思いますけど」

言い渋った感じでそう言い、わざとらしく明るい声で、

「ミーに電話してみたらどうですか？」

「……」

「携帯番号教えますから、電話してみてください。ええと……」

美奈の番号は、携帯のアドレス帳に登録していたが、電話することを涼子に知らせておく意味で確認を取ったのだった。後ろめたさとともに電話を切り、美奈にかけた。

美奈はすぐに電話に出た。弾んだ声だ。

「わかりました。シュウちゃんなら昨夜遅かったから、まだ寝てると思うので私から連絡取ってみます。いえ、連絡とれたらお電話します」

修の連絡先をききたかったのだが、彼女は電話を切った。

「何とかなりそうだよ」

電話を切り、新庄に向かって言った。

「そうか、そりゃ良かった。じゃあ飯にしようぜ。オレもう腹減っちゃってさ」

朝食の用意は、もうできていた。

食べ始めて間もなく、電話が鳴った。

美奈からだ。

「シュウちゃん、会いたくないってことなんですけど」

「……？」

「昨夜の打上げのとき、部長さんと涼子の噂話が出て。そのせいじゃないかと思います」

涼子に好意を寄せているとしたら、私に会いたくはないだろう。

やむを得ず、東京から来ているレコード会社のディレクターが会いたがっていると伝えてもらうことにした。

(直接電話しなくて良かったのかもしれないな)

そう思った。

「どうなった？」

新庄が口に物を入れたままきいた。

「いや、もう一度連絡来るから」

それしか言わなかった。

電話が鳴った。

「二時に事務所近くの喫茶店ということにしたんですけど、大丈夫ですか？私も二時に、そこ行きますので」

断る間もなく、彼女は電話を切った。

仕事外のことで、何か面倒が起こりそうな気配を感じた。

四

車を会社契約している駐車場に入れ、喫茶店に入ると、すでに美奈と修は来ていた。

修は二、三ヶ所破れたジーパンとTシャツ姿で、ふてくされた様子で足を組み煙草をふかしている。

美奈は気をきかせて、六人掛けのボックスを取っていた。

彼女は修とは対照的に、にこやかな表情だ。

私は新庄と幸恵を、美奈は修をそれぞれ紹介した。

(この場は、ディレクターとしての新庄に任せた方が良さそうだな)

それを察してかどうか、話の口火を切らない私の方をチラッと見て、新庄が修に話し始めた。

彼は黙ってその話を聞いていたが、格別嬉しそうな顔もせず、やたらに煙草をふかしている。

新庄の苛立ちが見て取れた。

プロを目指す人間にしてみたら、どう考えてもこんないい話は滅多にない。何かのコンテストで優勝したところで、必ずレコード会社が引き受けてくれるとは限らないし、デビューが約束されても、それが半年先か一年先かわからず、しまいにはうやむやになってしまうケースさえある。私は自分のケースを思い出していた。

「どうなんだ、やる気ないのか？」

新庄は最終結論を迫るように、身を乗り出して修に言う。

修は煙草をもみ消すと、ソファにもたれていた体を起こした。

彼は横目遣いに私を見ると、

「生田さん、あんた、涼子と付き合ってるってホントか？」

私は一瞬、無視すべきか応えるべきか迷った。

そのひと言で、新庄はすべてを察したようだった。

「おいお前、オレは今仕事の話をしてるんだぞ。何でこんなところで女の話を持ち出すんだ。お前、自分の歌に恥ずかしくないのか？そんなスケールの小さい男だとは思ってなかったよ」

新庄は修の顔を睨みつけながら、怒りを抑えるように言った。

「なに！もういっぺん言ってみろ！」

修は逆に、新庄を睨み返した。

「ああ、何度でも言ってやるさ、お前が言って欲しけりゃな」

完全に喧嘩腰である。

「涼子だか何だか知らんけど、お前は自分の人生を何で勝負しようとしてんだ。音楽じゃないのか？それとも一生女のケツを追い回して生きようっていうのか？」

「……」

「自分の夢を女のために捨てる気ならそれはそれでいいさ。それも立派な生き方だろうよ。だがな、オレは別だと思うぜ」

「……」

「いいか、お前がその涼子って女のことで生田と勝負するんならすりゃいいさ、男として勝負すりゃいいだろう？だが、それなら別なところでやれよ。殴り合いでも決闘でも勝手にするがいいさ。だけどな、仕事の場にそれを持ち込むんならもう終わってるぜ。最低だ」

「なに！最低だと？」

「ああそうさ。音楽っていうのはなあ、プロになるっていうのはなあ、そんな思春期の女の子みたいな気持ちだけじゃ通用せんよ。音楽で飯を食うっていうのはな、自分の魂を売ることなんだぜ、そうじゃないか？自分の生き方を売るんだよ。恥も、涙も、傷も、何でも売っ払って生きていくのがプロなんだよ。ここにも女が二人いるけどさ、それは単なる肥やしに過ぎんのさ。それができんなら、もうプロになるのは諦めるんだな」

新庄は、いつになく強い口調で言った。

沈黙があった。

修は煙草に火をつけ、ソファの背にもたれた。

視線は遠くに行っている。

しかし、表情は少し変わっていた。

「おい、生田、帰るぞ。ほら、サッチも行くぞ」

新庄は、興奮冷めやらぬ口調でそう言って立ち上がった。

しかし、私と幸恵は座ったまま修の方を見ていた。

美奈は、堅い表情のままうつ向いている。

修が煙草をもみ消し、立ち上がっている新庄を見上げた。

長く伸びた乱れた髪に指を入れ、余計クシャクシャにしながら、

「新庄さん、座ってもう一度話をきかせてください」

「オレはもう疲れたよ。何度も同じ話するの嫌なんだ、オレ」

新庄は、修を見下ろして言った。

私は新庄のベルトに手をやり、

「オレが話すから座れよ」

と言って、帰りかけた新庄を座らせた。

私が説明する番だ。

話を聞きながら、修は時折私と目を合わせたが、さっきまでの敵意に満ちた感じはそれほどなかった。

新庄は素知らぬ振りで、やたらに水を飲んでいる。

滅多に煙草を吸わない彼は、水がその代わりらしい。

すでに五杯目をお代わりしている。

話が進みかけて、ようやく新庄が口を出し始めた。

修は、前向きな言葉に、予想通り四人一緒にやる方を加えて応えた。

結局、昨日のライブのＤＶＤを私の方から新庄に送ることになった。

「ただ、これは、今のところ生田とオレしか動いてない話だから、途中でポシャルかもしれんから、そのつもりでいてくれな。それと、そっちの希望もあるだろうが、選曲は話し合いで決めるし、詞と曲の手直しもあるかもしれん。アレンジをどうするかも動き出すとしたらスタッフと相談していくから、そのつもりでな」

新庄は、念押しするように言い、

「それから、カッコつけで吸ってるようだが、歌やるんだったら禁煙しろよな」

そう付け加えて腰を上げた。

私は最後に修の連絡先をきき、腕時計に目をやった。

新庄と幸恵が乗る夕方の便に間に合わせるには、そろそろ向かわなければならない時間だ。

喫茶店を出ると、美奈が近づいて小声で、

「シュウちゃん、これから友達と会うんですって。私、暇だから空港まで付いて行っていいですか?送って行くんですよね」

「……」

「今日のご褒美だと思って、いいでしょう?」

彼女は笑いながら小首を横に、えくぼを見せた。

（またやっかいなことにならなきゃいいけど）

そう思ったが、今日、修と会えたのは確かに美奈のお陰である。

駐車場から車を出し、千歳に向かった。

助手席に新庄が、後ろに幸恵と美奈が乗っている。

仕事の話はせずに、四人は雑談を交わしていたが、幸恵が後ろから新庄の肩を叩いて、

「ちょっとお聞きしたいんですけど、男にとって女は単なる肥やしなんでしょうか？」

新庄が修に言った言葉だ。

新庄は少し慌てたように振り向き、

「いや、女性は偉大だよ。オレはいつもそう思ってるよ。あれは、ほら、何ていうか、言葉のアヤってやつさ、わかるだろう？」

「わかりません。今度もう一度説明していただきます」

「わかった、今晩な、なっ？」

幸恵は笑いながら、指先で新庄の頭を軽くこずいた。

私はただ笑って二人のやり取りを聞いていた。

空港には思ったより早く着き、食事することになったが、私と新庄は蕎麦、女性二人は洋食と意見が分かれた。結局二手に分かれて、私達が食べ終えたらレストランに行き、お茶を飲むということにした。

蕎麦を食べながら、新庄と今後の段取りの話をしていたが、彼は思い出したように、

「生田、お前さ、ヤセとチビと、どっちが好みなんだ？」

「……？」

彼は、笑いを含んだ目で、

「ほら、涼子さんと美奈ちゃんさ。お前は涼子さんの方が好きらしいけどさ、美奈ちゃんも可愛いいよな。それに見た目よりやたら積極的だしな。お前男には強いけど、女の押しには昔から弱い方だったから、気を付けろよ」

搭乗待合室に入る時間になり、私と美奈は二人を見送り、空港を後にした。

美奈は楽しげな様子で、

「この後、どこか寄って行きませんか？」

と、暮れかかる国道筋に目をやったが、そのまま手稲の彼女の自宅まで送り届けた。

ここまで来ると、小樽は目と鼻の先だった。

涼子に会いたいと思ったが、親子水入らずの雰囲気を想像し、Uターンして札幌方向に向かった。

夜遅く、涼子に電話を入れた。

空港まで美奈も一緒だったことも告げた。

「こっちに来ることはないの？」

彼女はそれを聞き流し、元気のない声で、

「まだはっきりしない」

と答えると、寂しげに電話を切った。

涼子の沈んだ表情が目に浮かんだ。

## 五

それからの数日間、日が経つのがやけに早く感じられた。

新庄の力で、レコーディングの結果次第で編成に回す準備はできたが、シングルカットする二曲の選曲が修と一致しないのだ。そのため発売日なども決定できないでいた。遅くとも今日明日にはすべての段取りを決めておかないと、一ヶ月遅れになるという。

修や他のメンバーとも何度か会い、選曲と同時にレコーディングの日程を詰めようと思ったが、各々アルバイトでスケジュールが合わず、思ったより話は難航している。

それ以外の仕事は、飛田の手際の良さもあって順調に進んでいる。

七月も後半に入り、オープンまでひと月半。

今日はシュール札幌事務所の件もあって、船木が来札する予定だった。

しかし、その前に修と最終打ち合わせすることになり、前に会った例の喫茶店で彼を待っていた。

クーラーがきき過ぎているのか、店の中は寒いくらいだ。

私は半袖のワイシャツから出ている二の腕を時折さすっていた。

修がやって来た。

Tシャツの絵柄こそ変わってはいるが、いつもの破れたジーパンスタイルで、髪は伸ばし切ったままだ。

彼は口元を歪めるような笑みを見せて、私の前に座った。

「どうだい、調子は？」

何となくそうきいた。

「ええ、まあまあです。ただ夜のバイトで疲れてますけど」

確か、居酒屋みたいなところでアルバイトをしているという話だった。

「今日は何とか結論出さないとな」

「わかってます。新庄さんからも、昨日そういう連絡が入りましたから」

彼は素直にそう応えた。

新庄にこの喫茶店でどなられて以来、私と涼子に対するわだかまりは消えているように見える。

涼子がいま小樽に帰っていることを、彼も知っているからかもしれないが――。

しかし今日は、涼子のことも話の中で出さなければならない。

私は新庄からゲタを預けられていた。

午前中、新庄から、

「明日、編成会議なんだよな。だから今日中に方向を出してくれないと先に進まないんだ。悪いけど選曲とスケジュール、それに大まかなアレンジのイメージ決めといてくれよ。オレ、レコーディングがまだ終わらないんでそっちに行けないからさ」

そう言って電話を切っていた。

「それで曲なんだが、こっちの方でCMに使う都合もあるんで、とりあえずメインになる曲、つまりタイトルになる一曲目は私の方で決めさせて欲しいんだ」

「……」

「もう一曲はそっちの希望通りにするからさ」

「わかりました。オレもみんなに任されましたから」

話は早そうだ。

「生田さんが入れたい曲はなんですか？」

「前にライブで聴いた〝心をください〟あれでいきたいと思ってるんだ。新庄もそれでOKだそうだ」

修の表情が一瞬変わったように思われたが、彼は平静さを崩さず、

「涼子が書いた詞ですよね。わかりました」

「そっちの選曲は？」

「オレたちは〝サンド・アカデミー〟でいきたいと思ってます」

その曲は大学生活を痛烈に批判した曲で、詞はメンバーの中でもインテリっぽい感じがする男が書いたものだ。

「じゃあ、その二曲で決めよう」

私は笑みを見せてそう言った。ようやく、結論が見えたようだ。

ただ、ラブソングと社会派的な曲とのカップリングに抵抗はあったが、これも彼らの二面性と受け取ってもらえたらいいだろう、と自分を納得させた。

修は詞をほとんど書かず、主にメンバーの詞に曲をつけているので、メッセージがどうしても散漫になってしまっている。しかし、それも修の独特の重い声と彼の歌唱力で今のところカバーしている。

修は、長い髪をかき上げながら目を灰皿に落とし、

「詞とメロディーの手直しは、やっぱりあるんですか？」

「そうだな。二曲目はいいが、一曲目に関してはＣＭに使う都合もあるんで詞の方で多少手直しが発生するかもしれないな」

彼は視線を合わせないまま、

「涼子は了解済みなんですか？」

「いや、まだだが」

「誰が手直しするんですか？」

少し攻撃的な物言いに変わった。

「新庄の方のスタッフにとも考えたんだが、一応ＣＭに使うという条件で出た話だから、スポンサーにある程度任せたいと思ってるんだ。もちろん、おかしな手直しはさせないが。ちょう

ど今日その担当者が東京から来るんで、今日中には決めちゃおうと思ってるよ」

「涼子には?」

こだわりが生じている。

「彼女には、電話かメールで了解を取るつもりだ」

「わかりました。じゃあそのことはお任せします。オレ詞の方は苦手だから」

修はそう言って、ようやくまともに私の顔を見た。

詞の手直しについて、涼子にはまだ了解を取っていなかったが、時間が迫っていたのでスポンサーの意向をよく知っている自分が独断で手直ししていた。だが、私が手を加えることに抵抗があることを予想し、たまたま今日来る船木を口実にしようと考えていた。

「編曲はどうなるんですか?」

「それは新庄に任せようと思ってる。ただ、君たちはレコーディングには馴れてないけど、一応、手順通り録音しようかと話してたよ。あと〝心をください〟の方は――」

その後、編曲の話に終始した。

新庄と電話で話していた編曲のイメージと、修が考えていたものと基本的に一致していたが、後で他の楽器を加えるかどうかの点で意見が食い違った。私は、

「それはレコーディングが終わってから検討しよう」

という言い方で、彼を納得させた。

とにかく、まな板の上に載せる方が先決だった。

スポンサーもレコード会社も、まだ正式にGOサインを出しているわけではない。

本格的な交渉、説得はこれからである。それも早急に。

心と身体に、しばらく収まっていた不快な雑音が響き始めていた。

イヤな予感が、身体の奥底から流れ始めているようだった。

私は修と一緒に喫茶店を出た。ムッとするような暑さだ。

街の空気が、暑さで歪んでいるような感じだった。

しかし、妙な寒気を覚えていた。

(クーラーにやられたかな？)

片手を上げて修と別れ、事務所に向かった。

その日の夕方、船木が泊まる予定になっているホテルのロビーで彼と会った。

最終的には矢崎の了解を得なければならなかったが、船木に、用意してきていた音源を聴かせ、手直しした詞を見せた。

思っていた通り、彼は大した興味を示さなかった。

「これをCMソングに使うんですか？」

賛成とも反対とも取れる口調できいた。

「そうです。なかなかいいでしょう？」

「ええ、まあ、ただ専務が何と言うか」

「矢崎専務には、私から直接話しますから」

「そうですね、そうしてください」

彼は、ほっとしたようだった。

私は来月号に掲載される雑誌広告や、ポスター、チラシの色校段階の作品を何点か見せた。

「じゃあ、これ本社に送っておいてください。それとＣＦの方はどうなってます？」

すでに制作が開始されているはずだった。

「そちらも近々、試作が出てくるはずなので」

「いつから流すんでしたか？」

彼は私の最終的な企画書には、目を通していないらしい。

「オープンの二週間前です」

彼はまるで他人事のように、

「ああ、そうでしたね。じゃあ充分間に合いますね」

私は礼儀上、船木を食事に誘ったが、彼は開設する事務所の件で人と会わなければ、ということでそれを辞退した。

担当者ということで共通の話題があるはずなのだが、彼は私がやっている仕事にはまるで興味がなさそうで、私の方も、

（いずれにしても、矢崎専務次第だな）

と、考えていた。

船木と別れ、一度、社に戻った。どうも熱っぽい感じがする。

美奈はすでに退社していたので、新庄に連絡した後、飛田に『体調悪いんで先に帰るよ』と言って事務所を後にした。

車に乗ったが、寒気を覚え、入っていたクーラーを切った。

暑いような寒いような変な感じだ。

（薬でも飲んで早めに寝ようか）

とも思ったが、小樽に向かって車を走らせていた。

涼子の顔を見たいのもあったが、手直しした詞を彼女に見せる必要もあったからだ。

# 第六章　苛立ちの連鎖

## 一

「いらっしゃいませ、あら……」

レストランのドアを開けると、涼子が驚いたような顔で私を見た。

ライトブルーのワンピースに、白いエプロンがよく似合っている。

夏用のユニフォームなのかもしれない。

「どうも。食事できるかな」

「食事に来ただけですか？」

「いや、別件もあるんだ」

涼子は私の目をじっと見てから、笑顔で、

「ご案内します。どうぞ」

夏の観光シーズンに入ったせいか、それとも混む時間帯なのか、十二、三卓あるテーブルは満杯だった。

「座れそう？」

涼子の背中越しに小声で言ったが、彼女は振り向きもせずに店の奥の方に歩いて行く。

一番奥の厨房に近い二人掛けの席が空いていた。

メニューを差し出しながら、

「さっきまでお客さん並んでたんです。少し前にこの席のカップルが帰ったばかりだったから
ラッキーだったわ」

「バイト？」

メニューを受け取ってきくと、

「そう、この時間帯と混むときは、お昼も時々するんです」

涼子の他に、同じライトブルーのユニフォームを着た女の子が二、三人いるようだ。

「ところで、何にいたしましょうか」

「そうだな」

私はメニューを開いた。

空腹感はあったが、食欲はまるで感じなかった。

「何かあっさりしたものないかな……」

独り言のように言うと、涼子は白い歯を見せた。

「フランス料理の店に来て、あっさりしたものはありません。でもわかりました。私が決めて
あげますから」

涼子はウキウキした感じでそう言い、開いていたメニューを閉じて両手に持つと、他人行儀
に礼をして席を離れた。

間もなく、銀色に光るトレーに、白い液体が入った細長いグラスを載せて戻って来た。

「時間がかかるので、とりあえずこれ飲んでてください」

「これ何?」

「ヨーグルトソーダ、体にいいしすっきりしますから。お店空いてきたら私、こっちに来ます」

涼子は体を少し曲げて顔を近づけ、後の方は小声で言った。

彼女が立ち去ってからストローを手に取った。

まだ寒気が治まらず、顔は火照って何となくボーッとしている感じだ。

くすんだベージュ色の壁の模様がかすんで見えている。

「はい、お待たせしました。シーフードカレーでございます」

声の方に目を上げると、涼子が立っている。

カレーの香りがほんのりと漂ってきた。

「もう少ししたら抜けられると思いますから」

ライスとカレーの入った銀の容器を置いて、涼子はまた小声でそう言った。

カレーの刺激で何とか平らげたが、美味しいのかどうか味覚がおかしい。

涼子がやって来た。

「十分後に出てください。外で待ってます」

彼女は早口で言い、急ぎ足で側を離れた。

腕時計に目をやった。

九時十分前だ。

立ち上がると少しフラつく感じさえする。

客は減ってはいたが、まだ半分以上のテーブルはふさがっている。

レジのところには、以前会った涼子の母がいた。

支払いを済ませようとすると、

「いいんですよ。涼子が自分のバイト料から引いておいてくれって言ってましたから」

彼女は笑いながら出口の方を促した。

私は、素直に涼子の好意に甘えることにした。

ドアを開けて外に出ると、涼子は白地にシルバーのストライプが入ったブラウスにライトグリーンのスカートで私を待ち受けていた。

「ちょっと家に寄って行きませんか?外に出ようと思ってたんですけど、父がだめだって」

と言い、レストランの裏手にある古い洋館風の家に向かった。

涼子の後ろに従ったが、頭がクラクラする。

家の中は最近改装を施したのか、真新しい建物の匂いがする。

「先に私の部屋を見て」

涼子はスリッパを揃え、格子状の手摺りがついている階段を上った。手摺りに身体をもたれるようにして、ゆっくり歩いた。思ったように力が入らない感じだ。

ベージュ色のカバーがかかったどっしりしたベッド、填め込め式にはなっているが、古い洋服ダンスや鏡台が、新しい部屋に奇妙に調和している。

机と、何脚かの一人掛けのソファがあったが、涼子は後ろ手にドアを閉め、立ったままの私に向き合うと、私の胸のあたりに両手をあてた。

そしてそのまま、私を部屋の奥の方に押していった。

膝の裏の辺りがベッドに触れた。

涼子はそれにも構わず、そのまま私の胸を押した。

彼女の両腕を握ったまま、あお向けにベッドに倒れた。

涼子が、胸の上に倒れ込んできた。

私の目をじっとのぞき込んだ。

「それで、どうしたんですか？」

涼子が口を開いた。

「……？」

「ミーとこんな感じになったんでしょう？」

(美奈はそこまで涼子に話したのか)

ぼんやりした頭でそう思った。

「ねえ、それからどうしたんですか？」

「何も、そのまま彼女はすぐに帰ったよ」

私も涼子の目を見つめながら言った。

「じゃあ、こんなことしなかったんですか？」

涼子はそう言って目を閉じ、唇を近づけてきた。

いかにも慣れていない感じで軽く唇を押し当てたが、彼女はハッとしたように急に身体を起こした。

「熱いわ、どうしたんですか？」

彼女の表情が変わっていた。私の顔を上からまじまじと眺め、

「それに、今まで気が付かなかったけれど顔が赤い」

と言って、私の額に手を当てた。

「すごい熱、でも……」

彼女は少し考えるように間を置き、

「でも、一階の居間にいるようにって言われたから」

私は肘で支えていた体を起こした。

「風邪ひいたかな」

そうつぶやくと、

「とにかく下に行きましょう。熱、計ってみますね」

彼女の肩と手摺りを頼りに階段を下りた。

黄色っぽい色を放つシャンデリアが天井から下がっている居間に入り、涼子に支えられるようにソファに腰を下ろした。

彼女はサイドボードの引出しから体温計を出してきた。

「ママがね、パパの機嫌が悪くなるから自分の部屋じゃなくて居間に案内するのよ、って言ってたんです。でもその前に」

自分からキスをしたことを思い出してか、羞じらうような微笑みを見せた。

(やはり美奈のことで……)

「何か冷たいもの持ってきます」

涼子は奥のキッチンの方に行き、間もなく麦茶の入ったグラスを運んできた。

「はい、もういいと思います」

彼女に促され、ワイシャツの間に手を入れ、体温計を取り出して渡した。

「どうしよう、八度九分、ちょっと待っててください」

彼女は体温計を手にしたまま、小走りで部屋を出た。

玄関から外に出たようだ。

ソファの背にもたれてはいたが、そのまま体を横にしたい気分だった。

涼子が、彼女の母と一緒に部屋に入ってきた。

二人とも背の違いこそあれ、似たような心配気な顔付きをしている。

「大丈夫ですか?」

涼子の母がきいた。

「ええ、もうすぐ帰りますから、ご心配かけて申し訳ありません。あっそうだ、これ」

私は上着の内ポケットから手直しした詞を取り出し、涼子の方に差し出した。

「まだ決定じゃないんだけどね。この曲で彼らをデビューさせようと思ってるんだ」

私はかいつまんで説明し、そして目を閉じた。

涼子の母はその間に、風邪薬らしい錠剤の入った小瓶と、水の入ったグラスをお盆に載せてきた。

涼子は私の横に座って詞に目を通している。

礼を言って薬を飲んだ。

手の感覚までおかしい。気怠い感じだ。

「前のままでも良かったんだけど、CMに使う部分はそんな感じに画像の方とマッチングさせたかったんで」

「わかりました。別に構わないです。私のこんな詞で良ければ。それより大丈夫ですか？」

詞を受け取りそれを上着に戻しはしたが、手がおぼつかない。

涼子の母は、二人の前に座って私の方を見ている。

「ママ、私の書いた詞がCDになるかもしれないんですって」

眉の間に縦しわを作って私を見つめていた涼子の母は、驚いたような顔で、

「本当に？あなたが書いた詞が？」

「そう、その要件で今日、生田さんが来てくれたみたい」

「それで熱があるのにわざわざ、まあ……」

彼女は申し訳なさそうな顔で、目を私に戻した。

「それじゃ、これで帰ります。どうもお手数かけまして」

立ち上がったが、体が揺れ、そのままソファに座り込んだ。

涼子は手を差し延べようとしたが、母の目を意識してか、その手を引っ込めた。

涼子の母は、彼女に目を移すと、

「生田さん、車でいらしたんでしょう?」

「そうみたい。でもどうしよう、運転は無理よね」

困ったような表情で、涼子が代わって応えた。

私は自由にならない自分の体を、忌々しく思いながら、

「すみませんが、タクシー呼んでください。車は明日にでも取りに来ますから」

「いっそ泊まってらしたら。一晩寝れば良くなるかもしれないですから」

涼子の母はそう言い、涼子の方にうなずいてみせた。

「でも、パパが……」

涼子は、つぶやくように言う。

「いや、大丈夫です。タクシー呼んでください」

「でも、札幌に帰ってもお一人なんでしょう?どうぞ遠慮しないで泊まってらしたら。パパにはうまく言っておくわよ」

そう勧め、涼子の方を見た。

「それじゃ、二階に」

涼子はそう言ったが、

「いや、明日も仕事がありますので」

と、その申し出を断った。

しかしタクシーは呼ばれず、押し問答の末、結局泊まっていくことになり、母娘に支えられながら二階の涼子の隣の部屋のベッドに寝かされた。

「パパは明日、買い出しで早くから出かける用事があるから、何も言わずに知らない振りをしてた方がいいかもしれないわ。涼子、生田さんの靴をどこかにしまっておいて」

涼子の母の声が遠くに聞こえている。

二

薄暗い部屋で目が覚めた。腕時計を見ると、七時を少し回っている。

見慣れない部屋、いつもと違うベッドの感触に、昨夜のことを思い出していた。

(ここは涼子の家、涼子は……)

慌てて飛び起きると借りていたパジャマを脱ぎ、着替えを済ませて階段をかけ降りた。

足音に、涼子の母が居間のドアから顔を出した。

「あら、もう起きられたんですか?」

「はい、もう出ないと。いろいろありがとうございました。ところで、涼子さんは?」

「涼子はまだ寝てるんじゃ……。昨夜は夜中過ぎまで生田さんの看病してましたけど『熱が下がったみたいだから、自分の部屋で寝る』って言ってましたが、もうそろそろ起きて来ると思いますよ」

私はもう一度礼を言い、涼子を待たずに外に出た。

急いで車を出しながら、昨夜私の側に居てくれた涼子の姿を思い浮かべていた。

私は直接会社に向かった。

途中コンビニに寄って髭剃りを買い、車の中でそれを使った。

幸い熱は引き体は楽になっていたが、昨夜大分汗をかいたのか、体中がべとついている感じがする。

九時前に会社に着いた。

デスクに落ち着くと、美奈が冷たい麦茶を運んで来て、

「部長、昨夜はどこに行ってたんですか？」

「……」

美奈は探るような目に笑いを含ませ、

「私、何度も電話したんですよ、昨夜」

改めて着信記録を見ると、確かに美奈から何度か電話が入っていた。

ちょうど眠っていたころなのだろう。

飛田はもう来ていたが、ちょうど席を外していた。

「何かあったのか？」

「シュウちゃんがレコーディングの日のことで部長さんと連絡を取りたいからって。彼も何度か電話したらしいです」

「そうか。でも別に今日になってからでも構わなかっただろう？」

私は不機嫌に言った。

「でも、一日でも早く決めるようにって言われてたからって、彼……」

確かに、彼ら四人の都合のつく日をできるだけ早く連絡してくれと修には話していた。

「わかった、それで？」

飛田が事務所に戻って来た。

私と美奈は、事務的な話に戻った。

（八月に入ってすぐだが、アレンジ間に合うかな）

私は一度電話を手にしたが、それを戻した。新庄はまだ出社していない時間だ。

そう考えているとき、電話が鳴った。涼子からだった。

「いや、大丈夫だ。いろいろありがとう。……、まだはっきりしない。……、本当にもう大丈夫だから」

私は早々に電話を切ると、

「ちょっといつもの喫茶店に行ってる。一時間で戻るから」

そう言って席を立った。

背中に、飛田と美奈の視線を感じた。

私は勤務時間中、来客以外で喫茶店に行ったことはない。

しかし、体調のせいもあってか、一息つきたい気分を優先させた。

喫茶店に入り、クーラーから遠い席に腰掛け、週刊誌を手にコーヒーを頼んだ。

涼子のことが頭に浮かんだ。

(オレの体のことを心配してたんだよな)

少し前に、一方的に電話を切ったことを思い出した。

そしてすっかり忘れてはいたが、涼子にキスされたことを思い出していた。

(美奈へのライバル心がそうさせたのか)

何となくそんな気がした。

週刊誌を見ると、新庄がディレクターとして担当している絵理香の記事が出ている。発売二週目でベストテン入りしたということで、その曲の紹介とともに絵理香の写真と談話が載っている。

談話の中に、新庄の名前が出ていた。

『新庄さんっていうディレクターさんがいるんですよね。その方は〝お前の詞にも曲にも、声にも、人間としてもすべてに惚れてるんだ。だからオレの仕事は、絵理香をこの世で最高の女として、歌手として世に出したいと思ってる〟って言うんです。だから私は新庄さんに最終的なこと、レコーディングはもちろん、ジャケット写真の選択も全てお任せしてるんです』

私は新庄らしい台詞であり、また仕事のやり方だと感じた。

先日会った時も『信じるものは自分の感覚しかないんだ。オレがいいと思ったら誰が何と言おうといいんだ。この信念がなきゃやっていけないのさ、この仕事』と言った言葉を思い出した。

私は、彼の一途さが羨ましく思えた。

そう考えているとき、新庄から電話が入った。店を出て、話しながら事務所に向かった。

「おい決まったぞ、というより決めたぞ。大見栄きってしまったから何としても間に合わせなきゃな。そっちの方はどうだ？」

私は八月に入ってすぐにレコーディングしたいと告げた。

「うまい具合にスタジオ取れるといいがな。それで前日入りで、こっちに来れるのかな？」

そこまでは言づてだけで、確認していなかった。

「それとスポンサーの了解と、原盤にからむかどうかの確認が欲しいんだ」

新庄からいくつかの確認事項が伝えられ『今日、明日中に結論を』と要請された。

(いずれにしても、東京に行かないと進まないな)

そう思いながら、修とシュールの矢崎専務に連絡を取った。

話は思ったより難航しそうである。

「美奈ちゃん、今日午後の東京行きの便と、ホテル一泊取ってくれないか。帰りはオープンでいいから」

事務所に戻ると美奈に向かって言い、また電話をかけた。

新庄にその旨連絡するためである。

三

その日の夕方五時、私はシュールの本社前で新庄と待ち合わせていた。

立っているだけで、体中から汗が吹き出してくるような暑さだ。

十五分ほど待って、新庄が珍しくスーツにネタタイを締めて駆けて来た。グレーのスーツを着た幸恵もその後ろに続いている。

「悪い悪い、待ったか？」

「先日はどうもお世話になりまして」

新庄と幸恵が続けてそう言った。

私たち三人はビルに入り、エレベーターに乗った。

専務室には、矢崎と船木が待ち構えていた。

私はそれぞれを紹介し、すぐに本題に入った。

「レコーディングは八月二日で終了、発売日は九月十四日、テレビラジオのスポットは――」

一通り説明を終えると矢崎は、多少高飛車な言い方で、

「ところでどんな曲なんだ、それは」

「映像でご覧になってください」

幸恵の言葉に、船木は立ち上がって窓際にあるテレビの方に行った。幸恵は、用意してきていたＤＶＤを手にその後に続いた。

操作に手間取っている船木に、

「大丈夫です。私自分でやりますから」

彼女は、ふと気付いたようにブラインドを下ろし、部屋の明かりを消してから映像を流した。先日、札幌で収録したライブの様子だったが、完璧に編集し直し、曲のタイトルまで入っている。

曲が流れている十分足らずの時間が、やたら長いものに感じられた。

（ここで矢崎にノーと言われたら）

私はビデオの画像を見ながら、何故か不安を感じていた。

「もちろん、最初の曲を使いたいんだろう？」

画像が消え、幸恵がブラインドを開けるのを待って、矢崎が口を開いた。

「こんなのが今どき流行るのかね。何だか時代遅れの感じもするがね。私も最近ヒットしている歌くらいは知ってるつもりだが」

「私も初めて聞いたときはそう思いましたが、最近にない雰囲気だからこそ、その気になったんです。詞は、多少手直しする予定です」

新庄がそれに応えた。

「それに彼らは素人なんだろう?もっと名前の知れた歌手を使うとか、何か他に方法はないのか?」

矢崎の言葉に、

「最初はみんな素人から始まるんです。それにシュールのトータルイメージと、もうひとつ、時代を先取りしようという意図もあります」

私は矢崎の目を見ながら断言した。

「それも理屈だが、例えば最近売り出してきた絵理香とか、あの辺を使えないのか?」

私と新庄は顔を見合わせ、私が口を開いた。

「新庄さんは、絵理香の担当ディレクターなんです。新人発掘の腕は、業界でも指折りの一人です」

「ほう、君がね」

矢崎は銀縁の眼鏡を押し上げるようにして、新庄の顔をまじまじと見つめた。

「それじゃ、新庄君はあの曲であのグループでいけると思ってるわけか」

「もちろんです。そりゃ毎月百を超える新曲と、それに新人がどんどん出て来るわけですから、間違いなく、とは言えませんが、私は自信を持っています」

新庄が、いかにも自信あり気に言うと、

「わかった。この件は生田君と新庄君に任せよう。私は音楽に関しては素人だからね」

矢崎は初めて笑顔らしい笑顔をみせたが、すぐ真顔に戻り、

「ところで、利権についてはどんな感じになるのかな？」

「と言いますと？」

新庄がその言葉を受けた。

「うちのＣＭで宣伝してやるわけだから、もちろんそっちもうちのＣＭソングに使う曲を形にするんだろうが、出版とか原盤の権利はどうするつもりか聞いておきたいんだ」

幸恵が紙封筒から何か書類を出し、新庄に渡した。

彼は一通りそれに目を通し、うなずいてから矢崎に顔を向けた。

「一応、二案用意してきています」

新庄は矢崎の前のテーブルに、それが見えるように置いた。

矢崎は手に取って読み、隣に座っている船木に手渡しながら私に目を向けると、

「この形で、予算内に収まるんだろうね？」

その書類に目を通してはいなかったが、視界の端に幸恵が小さくうなずくのが見えた。

「大丈夫です」

私は言葉少なに応えた。

「それじゃこの件も君に任せよう。わかってると思うが、君は我が社の利益代表として任せるんだから、そのことを忘れないようにな」

矢崎は厳しい目を向けると、

「それからもうひとつ」

彼は言葉を続けた。

「これは悪い話じゃないが、大阪店の方でサヨナラサマーセールのテレビスポットを打つんだが、それに今回の曲を使ってもいいと思ってる。但し、素材は早急に必要だがね」

その話を簡単に済ませ、私たち三人は専務室を出た。

エレベーターに乗ったが、三人は目を合わせただけで何も言わなかった。

外に出て、最初に私がシュールに来たときに入った喫茶店に向かった。ムッとする暑さは、まだ続いていた。

「それにしてもタヌキだな、あのおやじは」

店に着くなり、新庄が口を開いた。

「だけど、よくあんな書類用意してたな、サッチ。利権の話が出たとき、一瞬どうしようかって考えたよ、オレ」

「昨日見せたでしょう、これでいいかって。それで生田さんにも送っておくかって言ったら、『いいよ、別に』って言ってたでしょう」

幸恵は、あきれ顔で新庄の横顔を見ている。

「そんなことあったっけ」

「あったわよ。それにこの前、『向こうの専務さん、結構ビジネスに厳しい人だから』って生田さん言ってたし」

「よしよし、これを内助の功って言うんだな。偉いえらい」

新庄はそう言って、幸恵の頭を撫でた。

「ちょっとそれ見せてくれる?写しあるかな?」

幸恵は、横に置いていたバッグからコピーを取り出した。

受け取って、それに目を通した。

原盤に関わる費用について、一案はレコード会社とシュールが半々、二案はレコード会社と系列の音楽出版社とシュールが三分の一ずつという二案だ。作詞作曲などの著作権については、レコード会社、出版社、本人がそれぞれ三分の一ずつという一案だけだ。

幸恵は、

「うちの関連の音楽出版社の方にはまだ話してないんですけど、今回の場合だと、二番目の案の方が良いと思うんです。一応シュールさんにもご協力いただくという前提ですが」

二案とは別に、井沢の会社が権利を保有するという案も考えていたが、それについては頭から外していた。社長の井沢が喜びそうな話だったが、あまり複雑な状況は避けたかったのと、何より今進んでいる仕事のやり方に口を出されたくはなかった。

最初の、新庄のレコード会社とシュールが平等に原盤の資金と利権を持つという案は悪くはなかったが、イメージソングの当初予算に照らしてみると厳しくなる可能性もあった。

新庄は思い出したように、

「しかし何だかんだ言って、生田、お前あの専務になかなか信用あるんじゃないか」

「いや、そうでもないんだ。ちょっとあってさ」

「そうかしら。私もあの専務さん、いろいろ言ってたけど、最初からそのまま受けるつもりでいたと思うな、今回の案については」

幸恵も、新庄と似たようなニュアンスで受け止めていた。

「ところでさ、今日オレの家に泊まってけよ。ホテル取ってないんだろう？今後の打ち合わせもあるしさ。なあ、サッチ」

「ええ、狭くて散らかってますけど、どうぞ」

幸恵は、笑顔を見せた。

「いや、もうホテル取ってあるんだ」

「何言ってるんだ。キャンセル、キャンセル。チェックインしてないんだろう？サッチ、ホテルのキャンセルと、それと会社に電話して今日は打ち合わせが長引いてるから真っ直ぐ帰るって、連絡入れといてくれよ」

幸恵はホテルの名前を聞いて席を立った。

結局その日は、新庄の家に泊まることになった。


食事も終わり、幸恵が後片づけしている間、ビールを飲んでいると、

「そういや、小樽の君とはその後どうなんだ？」

「涼子のことか？」

「おう。結婚するんだろう？」

「さあ、どうかな、向こうはまだ学生だし、それに一人娘だしさ」

私は曖昧に答えた。

「そんなこと関係ないじゃん。学生ったって来年卒業だろう？それに年だって二十二か？来年卒業すりゃもうすぐ二十三じゃん。ホントはいい線いってるんだろう？」

「……」

私は涼子の顔を思い浮かべたが、今朝方、一方的に電話を切った後味の悪さが残っていた。

「何かあったのか？話せよ」

新庄は、私の顔色を見ながら言う。

幸恵も手を止めて、私の方を見ている。

「涼子さんって女の私から見ても魅力的だと思う。それに育ちも良さそうだし、生田さんにお似合いだと思うけど」

幸恵はそう言って微笑んだ。

「なんか育ちが良過ぎるんだよな、オレとは違って。小さい頃ずーっと父親の修業についてフランスに行ってたらしいし、もしかしてオレとはウマが合わないんじゃないかと思ってさ」

私は新庄にビールを注いでもらいながら言った。

「この前、お前と彼女を見ててさ、オレ思ったんだけど、まるで思春期の中学生かと思ったぞ。まだキスもしてないいんじゃないのか？」

涼子の唇の感触を思い出したものの、そのことにはふれなかった。

「私も、そばで見てて、なんか歯がゆい感じがしちゃって。もっと積極的に生田さんに迫ってほしいって、そう涼子さんは思ってるんじゃないかな？お互いに遠慮してるって言うか、感情を押し殺して付き合ってるって思っちゃった」

幸恵が洗い物を終え、数種類のつまみをテーブルに置いて新庄の横に座った。

「別に、好きじゃなかったら無理することはないけど、オレもそう思ったよ。いい年して何やってんだよって」

確かに、これまで付き合った女とは別扱いしている自分を感じていた。それは、出会ったときから無防備で自分に接し、それが自分を信頼している証なら、あえて壊したくないと思う自分がいたのは確かだった。

「彼女は立派な大人よ。自分を持ってるし、しっかりした女性として扱ってほしいと思っていると思う。生田さん、涼子さんを子供扱いしてない？」

幸恵は、真っ直ぐに私の目を見ていた。笑みはなかった。

「お前、たまにはいいこと言うね。そこだよ、オレも言いたかったのは。そういうのを偶像崇拝って言うんだよ」

「それとは違うでしょっ、話をずらさないでよ！」

新庄の言葉に、幸恵はまじめな顔で反論した。

彼は、場を和ませるように幸恵に目配せしながら、

「おお、こわっ、生田、サッチはマジみたいだから、正座して聞いたほうがいいぞ」

「ごめん……」

幸恵は小さい体をより小さくしてうつむいた。

「それより生田さあ、涼子さんに電話してみたらどうだ？　ここから」

新庄は、私に向かって言った。

「いや、いいよ」

「だけどお前、逃した魚は大きいぞ。涼子さんならいつ誰の網にかかるかわからんぞ。男はな、マメに、そして押しの一手さ」

「あら、私のとき、そんなことあったかしら？」

気を取り直した幸恵が、横から口を出す。

「そりゃ、お前がオレに惚れてたんだから立場が逆さ」

幸恵は新庄の脇腹に、いつものように肘鉄を食らわせた。

「そういえば、見せるの忘れてたよ、例の曲の詞なんだけど」

私は思い出したようにバッグの中から、涼子の詞を手直しし、打ち直したプリントを取り出して新庄の前に置いた。

多少、酔ってはいるようだが、彼の顔は仕事のそれに変わった。

「元の詞はあるか？」

新庄がきいた。

涼子が手書きした詞のコピーを渡した。

新庄は両方を見比べ、幸恵は横からそれをのぞき込んでいる。

「原詞に手を加えたのは、お前か？」

新庄が真顔で私を見た。

「お前、シンガーソングライターになりたかったって言ってたよな、昔……」

「そう、かなり昔だけどな。ところでどうだ、これ」

「そうだな、ＣＭに使ったり売るんだったら、こっちの方がいいな」

新庄は、手直しした詞の方を指でつまんでみせた。

「いいんだけど、ちょっと暗いかな……、ただ、シュールのイメージにはいいかな」

彼は、独り言のようにつぶやいた。

幸恵は何も批評を加えなかった。

「おい、生田、やっぱり涼子さんに電話して思いを伝えろよ！」

何を思ったのか、突然、涼子に電話しろと言い出した。

「よしなさいよ。シンちゃん。あなた酔ってるし何言うかわからないから。それに、もう十一時よ」

幸恵が新庄をたしなめるように言う。

「小学生じゃあるまいし、十一時なら普通起きてるだろう?構やしないさ。ほら、生田、早く」

新庄は何を思ったのか、いやに真剣だ。

私は首を横に振ったものの、執拗にこだわる新庄に負けて番号を教えた。

幸恵は、それを自分の携帯に登録すると、

「じゃあ私が電話する。そして生田さんに代わればいいんでしょう?」

「……、まあ、いいか。それじゃ早く電話しろよ」

幸恵は電話を手に取った。

「遅くにごめんね、涼子さん?私、幸恵です。先日新庄と一緒にお会いした……、そうです、ちょっと待ってくださいね。生田さんと代わりますから」

幸恵は笑顔を見せて、私に電話を渡した。

「いま、どこにいるんですか?」

「急にまた東京に出張になってね。いま新庄のところに来てるんだ。……、いや、仕事はもう片付いたから明日には札幌に帰る予定。別に何の用ってわけじゃないんだが……」

「ちょっと貸せ」

新庄は、私から電話を取り上げた。

幸恵がそれをやめさせようとしたが、新庄は電話を持って立ち、少し離れた椅子に腰かけた。

「どうも、新庄です。先日はどうも。いま改めて詞を読ませてもらいましたよ。……、いやなかなか大したもんですよ。どんどん書いたらいいですよ」

幸恵は、はらはらした表情で新庄を見ている。

「それから、生田のことなんですけどね。何かあったみたいだけど、あまり気にしないでよろしくお願いしますよ。あいつ、ハスに構えてるときはいいんだけど、本気になると尻込みしちゃうんですよ、昔から。それでいままでろくな女に当らなかったんですよ。いやホント、あいつ涼子さんのことは本気みたいだから……、いやいや——」

幸恵は立ち上がって、新庄から電話を取り上げた。

「ああ涼子さん、ごめんなさいね。シンちゃん酔ってるみたいで……」

電話が私のところに戻ってきた。

「もしもし……」

「遅くに悪かったね」

「いえ、別に。札幌に戻ったら電話ください」

「わかった。じゃあこれで」

「おやすみなさい」

涼子は小声で言って電話を切った。

「シンちゃん、あなたね、余計なこと言わないの」

「オレ?何か余計なこと言ったか?」

幸恵と新庄が、電話のことで揉めている。

「オレは生田の気持を伝えただけじゃん」

「ろくな女に当らなかったなんて言うことないでしょう」

「だってホントなんだぜ」

「それが余計なことだって言うのよ。女はそのひと言いつまでも覚えてしまうんだから」

「だけどさ」

「だけども何もない！生田さんに謝りなさい」

二人は、私が座っているテーブルのところに戻った。

「オレ悪いことしたかなあ、おい」

新庄は、私を見てすまなそう顔を見せた。

私は笑いながら首を横に振った。

酔いも手伝い、例の雑音の中で、涼子の淋しそうな表情が目に浮かんだ。

# 第七章　目に見えない壁

## 一

札幌にも本格的な夏がやって来ている。

気温は三十度を越え、アスファルトからの照り返しもきつい。

私は道内では一応ベストと言える録音スタジオに向かって歩いていた。

当初、東京でのレコーディングを予定していたが、メンバーの移動時間や万一予定通り終わらず再レコーディングになった場合を考え、札幌のスタジオで行うことに変更せざるを得ない状況だった。

スタジオの機材リストを送りながら新庄の了解を取り付け、メンバーにもそれを納得させた。最良の音楽に仕上げることと同時に、時間的にも間に合わせなければならない。

スタジオに入り、私はようやく外の熱気から解放された。

飛行機雲のメンバーはすでに来ていたが、他はまだ来ていない。

「しばらく。よろしく頼むよ」

何度か会ったことがあるチーフミキサーの鈴木に声をかけた。

無口な彼は軽く会釈しただけで、急ぎ足でガラス越しのスタジオの中に入り、二人のアシスタントにマイクセッティングの指示を始めた。ＣＭ用の音録りのときよりも、多少緊張している雰囲気だ。

「新庄さんという方、レコード会社のディレクターですよね。いま連絡があって、とりあえずバックのオケの方を二曲録ってからボーカル、コーラスの順でいくそうですが、それでいいですか?」

彼は作業を続けながら、確認するように私の顔を見た。

間もなく、涼子が入ってきた。

淡いピンクのブラウスに濃紺のスカート、手には白いバッグとスカートと同色の上着を手にしている。涼子とは、東京から戻った後、スケジュールの連絡のため電話で話したくらいで、お互いに、何となくぎこちなさが残っていた。

「どうも、外は暑かったろう?」

「ええとても。いよいよレコーディングですね」

彼女はそう言って、白い歯を見せた。

「暑いじゃん、やたら暑いじゃん。今日だったら東京の方がまだ涼しかったよ」

そう言いながら、新庄が到着した。

新庄と一緒に、彼と同じレコード会社で札幌のプロモーターの久々津、カメラマンとそのアシスタントの三人が入ってきた。

「ジャケの撮影もこの二日の間に済ませようと思ってさ。予定通り、明日中にはやってしまいたいんだ」

新庄は隣に腰掛け、私の身体越しに涼子に目で挨拶した。

レコーディングが始まったが、緊張のせいかライブの雰囲気には遠く、リズムがもたれてしまっている。

「しょうもないなあ、時間かけてもしゃあないなあ」

メンバーを呼んでプレイバックしたとき、久々津はそう言って舌打ちをした。

最後に出て行こうとしていたメンバーの一人が、それに気付いて振り返った。彼は久々津と目を合わせ、険しい表情を見せたが、何も言わずにレコーディングルームに入った。

「久々津さん、変に彼らを刺激しないでくれませんか。下手をすると自信をなくしちゃいますから」

新庄は、相手が年上だからか、らしくなく遠慮がちに言った。

「なこと言うても、わしがあいつらを売るんやろ?もっとプロらしくできへんのか」

「彼らはまだアマチュアですよ、これからなんですからね。それに初めてのレコーディングは、誰だって緊張しますよ」

久々津はそっぽを向いて新庄の言葉を聞いていた。

ガラス越しに見ると、四人はまだヘッドホンをつけず、何やら集まって打ち合わせをしている。

鈴木が、新庄の方を振り返った。

「焦ることないさ。好きにさせとこう」

レコーディングが再開されたが、今度は逆に走り過ぎてしまった。ノリを出そうとしてそうなってしまったのだろう。

プレイバックするまでもなく、また演奏に入った。

何度かくり返されたが、どうにも息が合わない。

涼子は時折顔を上げたが、ほとんどうつ向いて聴いていた。

二時頃からスタートしていたが、もうすぐ五時になる。

「よし、休憩だ。こっちに来て」

新庄が、レコーディングの中断を指示した。

「ほな、わしは一旦、社に戻らしてもらいますわ」

プロモーターの久々津は、彼らがミキシングルームに来る前に部屋を出て行った。

「もう来なくてもいいのになあ」

「そうですね」

新庄の言葉に、カメラマンが笑いながら応えた。

四人がミキシングルームに入って来た。冴えない表情だ。

「どうだ、疲れたか?」

新庄が、修に向かってきいた。

「ええ、まあ、なんかすいません、オレたち、なんか……」

「いいさいいさ。最初から上手くいくなんて思ってないんだから。どうだ、気分転換にちょっと早いけど飯でも食いに行くか」

修は後ろの三人を振り返り、虚ろな目でうなずいた。

近くにあるホテルのレストランで食事を済ませると、レジのところで振り返った新庄が私の顔を見た。他の連中は、すでにロビーの方に向かっている。

「……？」

目で問いかけると、支払いを済ませた新庄が口を開いた。

「正直なところ、どう思う？」

「……？」

「上手くいくかな……」

レストランを出たところで、新庄は足を止めてつぶやいた。

ロビーの辺りから何人かがこっちを見ている。

「正直言うと……」

お互いに渋い顔を見合わせた。

「このままだと難しいと思うな」

「んん……、だな」

新庄が相槌を打つのを見て、

「一度、田所のボーカルもコーラスも入れて練習させた方がいいんじゃないかな。できればブースに入ってるドラムも同じ場所に移してさ」

「レコーディングは無視してか？」

新庄は一度遠くに目をやると、

「わかった。サンキュー！」

私の肩を強く叩き、急ぎ足でロビーに向かった。

ホテルを出ると、相変わらずの暑さだ。

涼子は飛行機雲のメンバーと一緒に、修と何か話しながら歩いている。新庄はカメラマンとアシスタントの三人と、私は一人、彼らから少し離れて一番後ろを歩いていた。

歩道橋の階段を上がりながら前を見ると、涼子の形の良い脚が目に入った。狭い歩道橋を、涼子は修と二人連れで歩いている。

軽い嫉妬を覚えた。

修は私より背が高く、肩幅も広く、野性的な雰囲気を持っている。

小樽で新庄と幸恵に、似合いのカップルと言われた私と涼子だが、こうして修と歩いている涼子を見ていると、その言葉を返してやりたい気がした。

歩道橋の上で足を止め、ビルの向こうに夕陽を隠し始めた街並を眺めた。短い北国の夏のきらめきがビルの谷間に呼応している中で、心に吹く冷たい風を感じていた。

スタジオに戻った。

新庄は、早速、鈴木と打ち合わせを始めている。

「さてと、これから宣伝用の写真を撮ることにする。だからみんなは、いつものライブのようにモニターから音を返すから、マイペースでやってくれればいい」

新庄は修たちにそう言い、鈴木はアシスタント二人を使って別のドラムセットをメインスタジオに用意し始めた。

しばらくして、鈴木が新庄のところにやって来た。

「ドラムにマイク立てますか？」

ドラムの音を拾うには、かなりの本数のマイクをセットしなければならない。

「時間かかるかい？」

新庄がきいた。

「ええ、結構。録音はするんですか？」

「ざっとでいいからセットしてくれるかな？」

鈴木の質問には応えず、新庄はそう指示した。

ドアが開いた。

プロモーターの久々津が戻って来た。

後ろから女性も一緒に連いてきている。

見ると、美奈だった。

涼子もそれに気付き、一瞬私の顔を見た。

「どや、終わったんか？」

久々津が、新庄に向かって言うと、

「いや、これからですよ。とりあえず先に宣伝用の写真を撮ることにしましたから」

「宣伝する価値あるんかい」

「……」

新庄は席を立ってレコーディングルームの方に行った。

美奈が私の側に来て、私と涼子の間の空いている椅子に割り込むような格好で座った。

「部長、シュールの矢崎専務さんから……、明日にでも、進行状況を知らせてくださいとのことです」

「……」

（それなら別に明日で充分だろう）

そう思ったが、無言でうなずいた。

「しばらくね」

美奈は涼子に話しかけた。

「生田さんやったかね、このグループ推薦したんは？」

ドラム用のマイクがセットされ、カメラマンがライトやストロボをセットするのを見ていた久々津が、私に声をかけてきた。

「ええ、そうです」

彼は腕組みをして首を何度か横に振ると、目を合わせずに立ち上がって席を離れた。

美奈と涼子は、ひそひそ声で会話している。

新庄がデスクに戻り、ウロウロ歩き回っていた久々津もソファに腰を下ろした。

「それじゃ適当にスタートしてください。よろしく」

新庄がデスクの上のボタンを押し、マイクに向かって言った。

声はヘッドホンを通してではなく、スタジオ内のスピーカーから送られているはずだ。

「すみませんが……」

修の声が返って来た。

「はい」

鈴木が応えた。

「そっちの部屋の照明、落としてもらえますか？」

鈴木が新庄を振り返った。

ミキシングルームの照明が消され、調整卓手元の小さな明かりだけになった。

ガラス越しのレコーディングルームは、逆に撮影用のライトが点灯し、まるでステージでライトが当たっている感じだ。

「じゃあ、よろしく」

新庄が再びマイクに向かって言った。

物音ひとつしない、張りつめた緊張感が漂っている。

修が、ギターを弾き始めた。

歌声が流れ出した。

新庄が、暗い中でメモを書いて鈴木に渡した。

リバーブ、一般的にいうエコーが深くなった。

ライブ感が加わった。

気持ちが歌に乗っている感じがする。

しかし、時折シャッター音が聞こえ、スタジオの中にストロボの閃光が走る。

バック演奏とコーラスが入ってきた。

(悪くない、やはり)

私はそう思いながら、歌に聴き惚れていた。

ミキシングルームの中で動いているものといえば、調整卓のフェイダーを動かしている鈴木の手だけだ。

演奏が終わった。

誰も口を開かない。

新庄の右手が動いた。

「阿部さん、ちょっとこっちにお願いします」

新庄はカメラマンを呼んだ。声が少しかすれている。

阿部はカメラを手にしたままミキシングルームに入って来た。

新庄は近くに呼び寄せ、何事か耳打ちした。

阿部はけげんそうな表情で新庄の顔を見たが、うなずいてレコーディングルームに戻った。

「鈴木さん、録りの方だけリバーブを外して、いまの感じでそのまま録ってくれますか」

新庄が小声で言うと、

「かぶりますよ」

鈴木は振り返ってけげんな表情を見せた。

スタジオ内で鳴り響くドラムの音、それにモニタースピーカーから流れる音を、すべてのマイクが録音してしまうということだ。

「構わないから録ってください」

新庄はきっぱりと言った。

「写真もう少し撮りたいんで、もう一度お願いします。できればもう一曲の方も続けてお願いします」

新庄の言葉に、修がうなずくのが見えた。

横に座っていた久々津が何か言いたげに身を乗り出し、新庄の方に片手を伸ばしかけたが、そのまま手を引っ込めた。

「それじゃ、いつでも始めてください」

新庄はマイクに向かって言い、乗り出していた体を起こし深く腕組みをした。

演奏が再開された。

いい感じである。

時折ストロボの光が走るが、前よりもその光は小さく、シャッター音は聞こえてこない。

一曲目が終わり、少し間を置いてドラムがカウントのスティックを鳴らしリズムをとった。

二曲目がスタートした。

こっちの曲は、頭からノリを感じさせた。

メインボーカルとコーラスのバランスもなかなかいい。

私はライブでの彼らの演奏を思い出していた。

歌っている表情もイキイキしている。

間奏で彼らは顔を見合わせ、笑顔さえ見せている。

二コーラスからは多少演奏は走ったが、ノリはいい。

そのままエンディングに入った。

「はい、お疲れさん。ちょっと休憩しようか」

鈴木がフェイダーを落とすのを待って、新庄は四人に呼びかけた。

「プレイバックしますか？」

鈴木が振り向いてきく。

新庄が小さく首を横に振った。

久々津が立ち上がり、笑顔を見せながら、

「新庄君、なかなかええやないか。こりゃええわ」

さっきまでの態度が嘘のようである。

修たちがミキシングルームに入って来た。

「お疲れさん、お疲れさん。そや、なんか冷たいもんでも買うてくるわ」

久々津は愛想良く出迎え、そう言って出て行った。

二

その後ドラムはブースに戻り、本格的な録音が開始された。

演奏だけで録った後でボーカルとコーラスを加えて録ったり、何本か録音された。最初のときとは違って、いつものライブスタイルで一度したせいか出来は比べものにならないくらい良かったが、四人一緒に同じ場所で演奏したときよりは多少ノリが足りない。

それでも、まあまあのテイクが何本かあった。

「はい、お疲れさん！」

新庄のその言葉で、レコーディングは終了した。

十一時を少し回っていたが、久々津もそして涼子と美奈も最後までスタジオに残って成り行きを見守っていた。

飛行機雲のメンバーが、ミキシングルームに入って来た。

「明日は十時からだったな、撮影の方は」

新庄は、私に向かってきいた。

「そう、予定通り。カメラスタジオにスタイリストも来ることになってるから、まずそっちで撮影を済ませてから、まだ工事中だがシュールの中の一角でロケの予定だ」

矢崎専務から、ジャケに使う写真はシュールの新店舗を背景にして欲しいという要請が来ていた。オーバーラップする手もあったが、生も撮っておきたかったからだ。

「みんな腹減ってるんやないか？とりあえず今日は今日で終わったんやから、ほれ、新庄君も一緒にどや。そちらのお嬢さんたちもどうですか？」

久々津は、涼子と美奈にも声をかけた。

二人は顔を見合わせている。

「私……、小樽に帰らないと。この時間じゃ会館には帰りにくいし」

レコーディングが間断なく続いていたので帰りそびれたのだろう。

「生田、今日車で来てないのか？」

新庄がさりげなく言った。涼子を送って行けという意味なのだろう。

背を向けて仲間と話していた修が、その時振り向いた。

車はマンションの方に置いてきていた。

しかし、私が答える前に美奈が先に口を開いた。

「涼子、たまに私の家に泊まってったら？私から涼子の家に電話しとけば大丈夫でしょう？」

（涼子と美奈の間には、距離ができているはずだが……）

涼子はこちらに視線を向けたが、美奈は、

「ねえそうしたら？ねっ、私一応電話しておくから」

と言いながら、私と涼子の視線に割って入り涼子を促した。

新庄は素知らぬ振りで後片づけをしている。

「よっしゃー、ほな行こか」

久々津は、飛行機雲の面々に声をかけた。

私は新庄を待って一緒に部屋を出た。カメラマンは機材を持ってすでに出ていた。

「どうだ、何とかなりそうか？」

並んで歩きながら、新庄にきいた。

「さあ、どうかな……、ダウンしてみないと何とも言えないが。ドラムがブースに戻る前のテイクがあったよな。あれがずーっと耳に残っていてさ、あれ以上のはなかったたな……」

「……」

「とにかく明日だ。生田、お前、明日はミックスダウンに立ち合えるか？」

「ああ、一日空けてある」

「そうか。オレも明日の最終便に乗らないとまずいんだ」

私たち二人は駐車場を通って外に出た。

カメラマンが機材を積み込んでいる。

涼子と美奈は、小走りに私たちと肩を並べた。

車が行き交う道で、久々津と修たちが待ち受けていた。

「遅いやないか。後はと……、写真屋さんはどないしたんや？」

久々津がそう言ったとき、ちょうどカメラマンとアシスタントが姿を現わした。

焼肉屋、といってもレストラン風の高級な雰囲気の店に入った。

その場は、会話を含めて久々津が取り仕切った。

「いやいや、大したもんや。わしがぎょうさん売っちゃる。ああ、なーんも心配することないがな」

相変らず久々津は上機嫌だ。

「けどなあ、その……、何やった?……飛行機雲ゆうたかいなあ、名前。ちょっと語呂悪いんとちゃうか?」

彼は誰に言うともなしに言い、ビールのジョッキーを手にした。

「……」

「……」

「どや、新庄君」

久々津は新庄に目を向けた。

「どうなんでしょうね……」

新庄は、曖昧に応えている。

「やっぱ、横文字の方がスマートやないか?」

今度は、修の方を見て言った。

「グループの名前、オレがつけたんですけど、このままでいいと思ってるんです。オレの田舎は八雲ってとこで、小さい頃から山、っていっても丘みたいなとこなんですけど、そこに寝転がって空を見てるとよく飛行機雲が見えたんです。単純かもしれないけど、そのときの気分が歌ってるときのオレの気分なんです」

久々津は、意味がわからないという顔で私の方を見た。

私は涼子と美奈、そして修の横顔を見ながら、久々津の方に視線を移し、

「別にグループの名前はいいんじゃないですか。その名前でもう結構ファンがついてるみたいですから」

久々津は多少不満げではあったが、話題を変えた。

「ところで、あのメインの作詞は誰がしたんや?」

「そこに座っている、涼子さんですよ」

新庄が代わって答えた。

「あんたかいな。綺麗なお嬢さんやと思っとったんやけど、あんたが詞を書いたんかいな」

「はい」

涼子は、少し顔を赤らめて応えると、

「なっかなかなもんや。演歌に通じるところがあるんやないか思って聴いとったんや。いや別に泥臭いって訳やないで。心が見えるんや、あの詞の中には」

久々津は真面目くさって続けた。

「見かけによらずあれやないか?ぎょうさん恋愛経験なんかもあるんやろな」

新庄が話題をさえ切るように、

「久々津さん、もう肉とビールないですよ。追加してもらえますかね」

「そやな。ちょっとー、おねえちゃん！」

久々津はウェイトレスに向かって声をかけた。

食べ終えて店を出ると、涼子と美奈はタクシーに乗り込み、新庄はカメラマンと一緒の車でホテルに帰った。

飛行機雲のメンバーは、すでに肩を並べて背中を見せている。

一人でもう一軒飲みたい気分ではあったが、空車に向かって手を上げていた。乗り込んで目を閉じると、修の横顔を見つめていた涼子の顔をふと思い出した。

タクシーは酔い客の間を縫うようにしてススキノを通り過ぎ、私のマンションに向かっていた。

短い夏の、長い夏の夜であった。


翌日の撮影に、涼子は姿を見せなかった。

午前中はスタジオで、午後からは、まだ工事中のシートで被われているシュールの店舗内での撮影だ。

中に入ってみると、内装もほぼ仕上げの状態に入っていた。

四人の飛行機雲メンバーは、スタジオ内での撮影と同様、硬い表情のままで撮影を終えた。

「どうだい、かなり緊張してたんじゃないか？」

近くの喫茶店に落ち着いてから、メンバーに向かって新庄がたずねる。

「ええ、オレたちこんなの初めてですから。ふざけ半分に撮るならいいんですけど」

修が、やっと解放されたという感じの笑顔を見せた。

「ふざけてても良かったのにな。適当に話してるところも撮ろうと思ってたんだけど、誰も話をしないからさ。普段通りでいいのに」

新庄がそう言って笑った。

「カメラ向けられてると、いつものように話すなんてできなかったですよ、オレたち……」

「まあ、こんなもんだよ、最初は。いいさいいさ、何とか使えるのもあるだろうから、なあ生田」

「ああ、初めてにしては上出来だったよ、大丈夫だ。それに笑って写すような写真は必要ないし、今回は」

新庄の言葉に、私も修の方を見ながら言うと、

「この前から気になってたんですけど、新庄さんと生田さんって、昔からの知り合いなんですか？」

修が、新庄に向かってきくと、

「そうだよ。何年前かな、二人で一緒の職場に居たこともあるし、元同僚、いま親友ってとこかな」

「じゃあ、生田さんも元……」

「そう、生田も前はレコード会社の人間さ。シュウより若い時かな、シンガーソングライターを目指していたこともあってさ。昨日のレコーディングのときだって、生田がアドバイスしてくれてまああの音録りができたんだぜ」

新庄は首を横に振った私の肩を叩き、持ち上げるように言う。

「オレ、そんなこと知らなくて、どうも」

修は、私に向かって何のつもりか軽く頭を下げた。スタジオではふてくされた感じだったが、撮影の緊張からも解放されたせいか、今はすっかりうち解けた雰囲気になっていた。

「さて、それじゃスタジオでミックスダウンに入るかな。シュウたちはいいよ。オレと生田に任せてくれるか？アーティストが立ち合うこともあるんだが、できればオレ達に任せて欲しいんだけどな」

「いいです。お任せします。なあ」

修は、他のメンバーを見回して言った。

カメラマンを含めて、全員外に出た。

修たちとはそこで別れ、カメラマンも車を走らせフェリーに乗って東京まで帰るという。

私と新庄はタクシーに乗り、スタジオに向かった。

「新庄の方は大丈夫か？今日中に帰るんだろう？」

「一応そのつもりなんだけどな。最悪の場合は一日延ばせることになった。昨夜サッチに確認したら、絵理香のアルバム仕上げが事務所の都合で一日延びそうなんだ」

二人はタクシーを降りた。

スタジオに入ると、鈴木がヘッドホンを耳に当て、何かを聞いている。

今日はアシスタントの二人は居ない。

「どうでした、昨日の録音」

鈴木と顔を合わせるなり、新庄がきいた。

すでに連絡を取っていたらしい。

「あっどうも、一通り聴いてみたんですけど、一曲目の方は使えそうなのがスリーテイク、それから二曲目の方はツーテイクだと思いますが、一応全部聴いてみますか？」

「いや、鈴木さんがいいと思ったのだけでいいですよ、なあ」

新庄は、私の方を見ながら答えた。

私は、鈴木の仕事の腕と熱心さをあらかじめ話していた。彼は自分が録音したものは全てミックスダウンの前に試聴し、余計な口出しはしないものの、必ず適切なアドバイスをしてくれた。今回も時間がかかったとは思うが、昨日今日のうちにやはり試聴してくれていたらしい。

「それじゃプレイバックしてみますね」

鈴木はレコーダーをスタートさせた。

テイクワン……、テイクツー……。

約三十分で二曲の各テイクを聴いた。

バランスは、鈴木が仕上りに近い状態に作っている。

「あのテイクは残ってますかね」

新庄の言葉に、鈴木は少し考えてから、

「ああ、あれ、ありますよ」

「あれ、どうですかね」

私も二人の会話の〝あれ〟の察しがついていた。

四人が同じ場所で演奏したテイクのことだ。

鈴木が椅子を回してこちらを向いた。

「一番ノリはありますけど、ドラムのバランスと後は音のカブリが気になるんですよね」

「うん……、とにかく聴かせてくれないかな」

鈴木は頭出しをしていたらしく、すぐにそのテイクがかかった。

バランスも手早く設定している。

二曲続けて聴いた。

細かいことはともかく、やはりベストテイクの気がする。

「鈴木んはどう思います？」

新庄は、振り向いた鈴木にたずねると、

「さっき言った通りです」

「どうだい、生田」

新庄はデスクに両肘をついたまま、私の方に顔を向けた。

「新庄はどうなんだ、ディレクターとしてさ」

私は逆にきき返した。

「オレか?オレ、自分で言っちゃうとそれを結論にする癖があるからさ。他の意見を先に聞きたいんだ」

「構わないさ、結論になったたって」

「そうか?じゃあ言うけどさ。完成度という点じゃ他のテイクの方がいいところもあるけど、説得力というか、訴える力は今のが一番いいと思ってるんだ」

「お前もか。オレも使うならこれがいいと思ってたんだ」

「じゃあ、三分の二はOKってことだな、鈴木さんは?」

「別に、僕の意見はいいですよ」

「そうはいかんよ。これに決めるに関しては鈴木さんが一番大変になるだろうし、録音側のプライドだってあると思うし」

新庄が、真面目な顔で言うと、

「作る側から言えば、といっても僕の立場からですけど、クリアな感じで作りたいんですけどね。ただ一視聴者として考えると、聴いていいなと思うのは……、やっぱりいまのテイクでしょうね」

遠回しな言い方だったが、同意見らしい。

音楽に限らず、作る側の細かい配慮や意図は、受け取る側がそのまま理解してくれることはむしろ稀だ。作品の全体的なイメージとして受け取るか、あるいはほんの一部分を拡大解釈して興味や共感を持つか、そこにはいつも意外性が潜んでいる。

「よーし、決まり！これでいこう」

新庄は体を起こし、大きな声で言った。

三

夕方六時頃に作業は終了し、

「少しでも早い方がいいから、オレこのまま東京に戻るよ」

新庄は音源マスターをバッグに突っ込むと、そのままタクシーを拾い空港に向かった。

私はコピーしてもらったCDを持って事務所に戻ることにした。

途中、小樽の涼子に電話を入れたが、電源は入っていなかった。

自分が仕掛けた仕事が動いている、という充実感が沸いてくるはずなのだが、何故か虚脱感が伴っていた。

「生田さんじゃあーりませんか」

うつ向き加減で歩いていると、声をかけられた。大手広告代理店、営業の東だった。

私がシュールの宣伝を担当すると決まってから、コロッと態度を変えてきた男だ。

彼はいかにも親しげな笑いを浮かべ、若い割に薄くなった髪を撫で上げながら、

「どうです、これから一杯付き合いませんか?」

事務所に戻る途中だと言うと、

「そう冷たくしないでよ。一軒だけ、一軒だけだからさ。最近全然付き合ってくれないじゃないですか、ねえ」

彼は強引に私の腕を取った。

東には同僚らしき二人の連れがいたが、目くばせして先に行かせた。何が何でもという感じで私の腕を離そうとしない。

仕方なしに飛田に電話を入れ、戻るつもりだが先に帰っててくれと美奈にも伝言を頼んだ。

東に腕を取られたまま、小さなクラブ風の店に連れて行かれた。時間が早いので、客は誰も居ない。まだ準備中の感じだ。

私と東は向かい合ってソファに座り、女の子が二、三人近づいてきたが、彼は、

「ちょっと先に仕事の話があるから」

と言って、それを帰した。

「生田さん、今回はいろいろどうもお世話になりまして」

彼は愛想笑いを浮かべながら、用意された水割りのグラスを軽く持ち上げ、私にもすすめた。

「ところで……」

彼は小声で言い、身を乗り出して来た。

「生田さん、今回の仕事が片付いたらそのままフリーになるんですって？」

相変わらず女性っぽい物言いだが、意外な言葉に驚いて彼の顔を見返した。

「隠さなくたっていいでしょう？このままシュール中心の広告プロダクションを作るってもっぱらの噂ですよ」

「誰が言ったんです？そんなこと」

私はグラスをテーブルに戻した。

「誰って、業界内じゃ皆言ってますよ。でもいいじゃないですか、シュールをスポンサーに持ってりゃ充分やっていけますよ。まあその時は、うちともこれまで以上のお付き合い頼みますよ」

東は、愛想笑いを浮かべている。

「誰がそんな噂してるか知りませんけど、シュールが開店したら元に戻りますよ、僕は」

そう否定したが、

「またまたあー、まあとにかく、そのときは改めてご挨拶に伺いますからよろしくお願いしますね」

そう言って頭を下げた。

「おーい、もういいよ、こっちに来て」

東は片手を上げ、女の子を呼んだ。

座は賑やかになったが、私は別なことを考えていた。

(誰がそんな噂を流したんだろう。確かに今はシュールの仕事一本に絞ってのプロジェクトだが、そんなことよくあるケースだ。社長もこの噂を耳にしてるんだろうか)

思わず井沢の顔を思い浮かべたが、彼なら耳にしたら何か言いそうなものだが……。

小一時間ほどそこに居て、私は外に出た。

夕闇の中を事務所に向かったが、そのまま帰る気がせず、足はススキノに向かっていた。

いつものような苛立ちが、心の中に巣くい始めていた。

人混みを縫うように歩いていると、

「お兄さん、いい娘がいるんですがね。遊んで行きませんか?」

髪を短く刈り込んだ若い男が声をかけてきた。客引きだった。

私はそれを無視して、急ぎ足で通り過ぎた。

「返事くらいせえよ、この!」

男の声が、背中越しに聞こえた。

思いがけない怒りが込み上げ、振り返り立ち止まった。男も何か言いたげに近づいてきたが、男の仲間がその様子に気づき、なにやら耳打ちをしている。制服警官がこちらに歩いてきていた。

私は再び歩き始めたが、自分の顔が紅潮しているのがわかった。男に対する怒りより、自分に対しての苛立ちだったが、これほど激しい感情を表にしたことは記憶になかった。子供のころから、兄や姉に迷惑をかけまいとしていたせいかどうか、ケンカらしいケンカはしたことがなく、その一歩手前で自制することを覚えていた。学生時代や社会に出ても、そんな自分は変わりようがなかった。周囲の抵抗があっても、無視するか、やんわり逃げ出す術を心得ていた。

しかし、さっきはそのタガが外れかかっていた。もしかしたら殴り合っていたかもしれないと思った。仕事のことなのか、涼子のことなのか、自問しながら歩き続けた。

私は涼子と最初に出会った夜、一緒に行った寿司屋に向かっていた。

「らっしゃい！」

いつも通りの威勢のいいかけ声が暖簾を揺らした。

「お久し振り、お一人ですか？」

店の主人が声をかけてきた。

「じゃあ、カウンターにしますね。飲み物は何にします？」

私はビールを頼み、カウンターに座った。時間が早いせいか店は空いていた。

「握りますか？」

「いや」

「それじゃ、何か造りますね」

彼はカウンターから見えない所で包丁を動かし、チラッと笑顔を見せながら、

「最近どうです？競馬の方は」

と、昔ながらの話題を口にした。

「たまに買ってるはいるけど」

「調子は?」

「まずまずってとこかな。そっちはどうです?」

「余り良くはないんすよ、最近。それでもやめられなくってね、女房がブツブツ言ってますよ」

しばらく競馬と麻雀の話が続き、私はビールから日本酒に切り替えた。

「そう言えば、この春先でしたっけね、この前お見えになったのは」

「そうだったね、確か……」

涼子と来た日のことだ。

「随分若くてきれいなお嬢さんと一緒でしたよね」

「そうだったかな」

「そうですよ、よく覚えてますよ。彼女、生田さんの妹さんじゃないんでしょう?」

「いや、違うけど」

「顔立ちが何となく似てたんで、店に入って来た瞬間、妹さんかと思いましたよ。だけど、小上がりの方に行ったんで、ああ違うんだと思いましたがね」

そんなことは考えてみたこともなかったが、別の思いが頭をよぎった。

(私と涼子が似てる?そう言えば、涼子は亡くなった母に似ているような気もするが……)

「最近、仕事の方はどうです?」

彼の言葉に、ふと我に返った。

「ああ、結構忙しいし、まあまあだよ」

「面倒は起きてませんか？」

「……？」

私は彼の顔にチラッと視線を走らせた。

「昔からそうでしたからね、生田さんは。何かで落ち込んでるとうちに一人で飲みに来る。ひょっとして何かあったのかと思いましてね」

彼は白い歯を見せて笑った。

「らっしゃい！」
四、五人の客が入って来て、小上がりの方に行った。
「さて、そろそろ行くかな」

「まだいいじゃないですか、ゆっくりしていってくださいよ。はい、これ私からのおごりです」

彼は、何かのタタキを出してくれた。

酒をもう一本頼んだ。

「実はいろいろあって……」

ふーっと大きく息を吐き、残っていたぬるい酒を口に運んだ。

「仕事ですかい?それとも女?」

「ダブルパンチってやつかな」

「らしくないっすね、仕事も女もどうってことないって感じでしたがね、あの頃は」

「年かな」

「冗談言っちゃいけませんや。やっと人間的になったっていうことでしょうが。悩みのない人なんていないっすよ」

「じゃあ、今までは人間じゃなかったってことかい？」

「まあ、そうですかね。あの頃の目は妙に冷めたっていうか、ギラついていたっていうか、正直言って。今日なんか優しい目をしてますよ、今まで見たことないようなね」

彼は、笑いながらそう言った。

「実はね……」

若い二人の職人が奥に入ったとき、私は彼に妙な噂の話をしてみた。

「だから生田さんらしくないって言うんですよ。自分に身に覚えのないことなら、どうってことないでしょうが。他人の噂話なんて放っときゃいいでしょう。何もないならそのうちみんな忘れっちまうし、何か起きてるならそのうち向こうからぶつかって来ますよ」

「そりゃそうだが……」

新客が入って来た。店が混み合う時間だ。

勘定を払い、外に出てタクシーを拾った。

確かに独立の話にしても、涼子と修のことに関しても、いまのところ他人から耳に入った情報に過ぎない。

# 第八章　すれ違う思惑

一

レコーディングとマスタリングに二日費やしたことと、オープンイベントの段取りやパブリシティの根回しもあって、翌日から私は仕事に忙殺された。

夜は夜で、その関係の打ち合わせや付き合いに振り回された。

録音した音やジャケットの件で、シュールの了解を取り付けるのは新庄に代行してもらっている。
二、三日して、ジャケット予定の写真が何点か私の元に送られて来た。
まあ、何とか使えそうだ。

私は飛田に、オープン用の小雑誌にその写真とＣＤについての案内も掲載するよう指示し、札幌のプロモーター久々津と連絡を取った。飛行機雲のキャンペーンや、新聞社、雑誌社への紹介記事の掲載や、その後のスケジュールの打ち合わせも並行している。

うまく話題になれば一石二鳥の可能性もある。

広告代理店の協力も得て、放送局への依頼も順調に運んでいた。

私が独立するという妙な噂のせいもあってか、どこの代理店も協力的に動いてくれている。

久々に、大詰めを迎えつつある仕事への緊張感と充実感があった。

すべての媒体やツールが予想通り動き、ＳＮＳも含めて効果を発揮してくれれば面白い動きになりそうな予感があったが、心配なのは、もうすぐお盆休みに入ることだった。

今年は不景気のせいもあって、どこの企業も割と長めの夏休みを計画しているらしい。その間、打ち合わせやその他の作業がストップする可能性もあった。

私は美奈に、関係している企業と担当者について、夏休みの予定を電話で確認させ、そのスケジュールで印刷物に遅れが出ないかどうか飛田に確認させることにした。

東京にいる新庄も何かと忙しいらしく、作業の進行状況はほとんど幸恵から連絡が来ていた。こんな時、顔を見知っているというのは便利だ。細かいこともきけるし、何より安心感があった。

涼子からはレコーディングの翌日、一度電話があったきりで、何となく気になってはいたが、彼女が小樽の実家に居るということもあって、とくに連絡は入れていなかった。

お盆休みのせいか、昨日から来客と電話の数が急に減ってきている。

会社によっては、すでに交代に休みを取り始めているらしい。

昼飯から戻って来ると、飛田と美奈が応接セットに向かい合ってコーヒーを飲んでいた。

久々にのんびりした雰囲気だ。

私もデスクに戻らず、二人が座っている応接セットに飛田と並んで腰を下ろした。

美奈が一度席を立ち、コーヒーを運んで来てくれた。

「ところで部長、うちの夏休みはどんな感じですか？」

飛田が美奈の方をチラッと見てから言った。二人でその話をしていたらしい。

「そうだな、仕事の段取りはどうだい？」

「特に問題はないですね。それに他さんも休みなんで、明日からは動きようもないみたいです。印刷工場も休みに入るんで」

「そうか、んーそうだな。向こうの事務所の方はどうなってる？」

ここと隣り合っている、井沢が仕切っている事務所がどうなのか、私も飛田も一応そちらの社員なのでたずねると、

「あっちはあさっての土曜から月曜までだそうです、全員が休むのは。ただ交代で各々四、五日休みを取るみたいですが」

「じゃあ、同じ感じで休みを取ったらどうだい？」

そう言うと、飛田は言い渋っている感じで、空になったコーヒーカップを片手で回し続けている。

「ん？どうした？」

彼は遠慮がちに、

「もしできれば……なんですが、もう少し長く休めたりしませんか」

「……？」

「できれば、明日か明後日から来週いっぱい休めればと……」

私はカレンダーに目をやった。大企業では十連休、十二連休ということが新聞にも載ってい

た。

「そうだな、もし仕事に支障がないなら構わないよ。社長の方には私からうまく言っとくから。来週の後半はシュールとの打ち合わせで東京出張ということにでもしておこうか」

飛田の顔が明るく輝いた。

「いいんですか！ホントに」

「いいよ。ただ話だけは合わせといてくれよ」

「はい、わかりました」

飛田は元気よく言った。

「もしかして、もう何か予定してたのか？」

彼は嬉しそうな笑顔を見せながら、

「実は、一度田舎に帰って、そこで高校時代の友達とツーリングしようかって話があって」

「ツーリングって？」

「バイクで道内一周するんです」

意外だった。女性的で細身の飛田がバイクを乗り回している姿を、想像することができなかった。

「それに、あれもあるんでしょう？」

美奈が横から口を出した。

飛田は片手で長い髪を押さえながら、もう片方の手の人さし指を口に当てた。

「……？」

美奈はお構いなしに、笑いながら、

「お見合いもあるんですって」

「おおい、黙ってろって言ったのに」

彼は照れ笑いを浮かべて美奈を見つめている。

（飛田は、美奈に好意を持っていると思っていたが……）

しかし、彼がわざわざ美奈に話したのは、彼女の反応を見るためだったのではないかとも感じた。

「部長は？田舎は、確か……」

「ああ、仙台だよ。でも行かないつもりだ」

仙台に、すでに両親は居なかったので、ここ数年立ち寄ることはなかった。

美奈は、遠くを見つめている私に、

「部長はいつから休みを取るんですか？」

「そうだな、大してすることもないし、土、日、月と三日だけ休んで、後は事務所の方に来るよ」

「……」

電話のベルが鳴った。もう一時半だ。

三人は顔を見合わせて立ち上がり、それぞれのデスクに戻った。

翌朝出社すると、休みを取っていいと言っておいた美奈が、すでに姿を見せていた。美奈はいつもと同じ明るい笑顔を見せてはいるが、二人で事務所に居ることに多少息苦しさを覚えていた。電話も大して鳴らない。

「よお、どうだい、順調にいってるかい?」

こっちの仕事には一切口出ししないをモットーにしている社長の井沢が、暇なのか久々に顔を出した。

「ええ、順調ですよ、今のところ」

私は応えながら、コーヒーカップを片手にデスクからソファに移動し、井沢と向かい合って座った。私が現在の進行状況と、今後の予定を話していると、

「部長、お電話です」

美奈が受話器を抑えてこっちを見ている。

「誰から?」

「久々津さんです」

ちょうどCMソングの話をしていたとき、レコード会社のプロモーターから連絡が入った。

私はうなずいてデスクに戻り、電話を取った。

「生田さん?例の飛行機雲の宣伝チラシ届いたんや。どやろ、一緒に放送局に顔出しせえへんか?」

写真ができてから一週間、新庄の素早い対応が感じられた。

「わかりました。私の方は何時でも。はい、じゃあこれからすぐに出ますので……、はい、よろしく」

私の電話応対に、井沢はゆっくり腰を上げた。

「生田君、今度またゆっくり二人で話したいんだけどな」

彼は何か言いたげに部屋を出て行った。

例の噂の件なのかもしれないと感じた。

久々津とは放送局のロビーで待ち合わせている。

私は上着を片手に事務所を出た。

真夏日だ。

アスファルトから熱が立ち昇り揺らいでいる。

サングラスをかけ、早足に歩き始めた。

放送局のロビーに入ると、外とは隔絶されたひんやりした空気が体を包んだ。

久々津はソファに座り、下を向いて何かを見ている。

「どうもお待たせしまして」

「急にすまんかったね。どや、なかなかのもんやろう?」

顔を上げた久々津が、手にしていたチラシの一枚を私に渡しながら笑顔を見せた。

レコーディングが上手くいって以来、彼の私に対する態度はかなり親しげなものになってきていた。

写真は二枚使われており、一枚はシュールの店内で撮ったものだが、こうして印刷されてみると、妙にプロっぽさがにじみ出てくるから不思議だ。

「ほな、行こか、アポは取ってないんやけど」

久々津はそう言って立ち上がった。

席にいるディレクターには冗談を交えて話し、いない席には名刺と共にチラシを置いていく。久々津は録音中という明かりがついているスタジオにも平然と入り、手の空いている人間を見つけると立ち話をし、チラシを渡す。図々しさも感じるが、手慣れた頼もしさもあった。

回っているうちに、遠くから手招きしている人影が目に入った。

私にオリフェスの裏話をし、シュールとのきっかけを作ってくれた池内部長だった。

久々津は私に目を向け、

「わしは、よう知らん。生田さんは?」

「昔からいろいろお世話になっている池内部長です。挨拶しておいた方がいいでしょう」

そう言って、先に立った。

「まあ、掛けなさいよ」

池内は、部長席の横の応接セットを手で示した。

池内に久々津を紹介した。

久々津は部長と聞いて、らしくなく緊張している感じだ。

池内は意味ありげな笑みを浮かべながら、

「話は聞いてるよ。飛行機雲を手がけるんだって？」

「別に私がやるわけじゃないんですが」

久々津は早速チラシを取り出し、池内の前に置いた。

「ほう、なかなかいいじゃないか。局長はどう思うか知らんが私は応援するよ。担当者にも声をかけておくから。ラジオの方は任せといてくれ」

久々津は意味がわからず私を見たが、

「ありがとうございます。私もいろいろ関わりがあるんで、よろしくお願いします」

私はそう言って頭を下げた。

局を出てから、久々津は、

「あの部長、えらい肩入れしてくれとったけど、何か訳でもあるんか？局長の話も出とったけどな」

と、いぶかしげな表情を見せた。

「まあ組織ですからね、いろいろ人間関係もあるんでしょうけど。とにかく、言ったことは必ずやってくれる人ですから、今後やり易いと思いますよ」

「まあ、そやな……」

久々津は、まだ何か言いたそうではあった。

その日、彼と二人で一通り放送局を回り終えた。

昼飯は、テレビ塔の上にあるレストランで食べた。

「わしが札幌に転勤になったときなんやけどな、その当時の支社長が初出勤の昼休み、ここに連れて来てくれたんや。まだ大通公園には雪が残っとってな。わしとしては大阪から突然転勤になって、まるで都落ちしたような気分やった。そやけど住めば都っちゅうのか、今はこっちで嫁はんもろて、すっかり落ち着いたってわけや。そんで時々思い出してはここのレストランに来るんや」

久々津はビルの向こうに遠くかすんで見える山に目をやりながら、普段の口調に似合わず、感慨深げに窓の外を見つめている。

食事を終え、アイスコーヒーを飲みながら、久々津は思い出したように意外な質問をしてきた。

「あっそや生田さん、今回の作詞をしとったお嬢さん、なんちゅうたか……、ああ、風間涼子って言っとったな。あの娘と生田さん、何か関係でもあるんか？」

単刀直入だった。

「……？」

私は、動揺を押し隠して久々津の顔を見た。

「この前、今後の動きの話でシュウと会うたんや。わしの思いつきなんやけど、風間涼子ってなかなかの美人やろ。そやから、新聞や雑誌の取材んときに、作詞家として一緒に回ったらどんなもんやろ思うてな」

「いいんじゃないですか、それは」

私は間髪を置かずに応えた。

「そやろ。絵にもなるし、話題作りにしてもおもろい思ったんやけどな。そしたらシュウの奴がな、『本人と、それと生田さんの了解が取れたら』なんて言うもんやから。本人はわかるけど、生田さんの了解が何で必要なんやー思うて」

「スポンサーのシュールの了解って意味じゃないですか？ 彼が言ったのは」

「はあーなるほどな、そういう意味やったんか。そうかそうか、そっちの方は問題ないんやろ？」

「話題になって、それが宣伝に結び付けばスポンサーも喜びますから、特に問題はないでしょう」

「そんなら、本人の問題だけやな」

「……」

私は無言でうなずいたが、涼子が次第に遠ざかっていくような、何とも言えぬ複雑な気持ちが交錯していた。

五時過ぎ、美奈に連絡を入れ、真っ直ぐ自宅に戻った。

その夜、早目に風呂に入り、テレビの歌番組を見ながらビールを飲んでいた。久々にのんびりした気分で見ていると絵理香が登場し、ゆったりしたラブソングを歌い始めた。

自然と新庄の顔が思い浮かんだ。

電話の音に、私は目を画面に置いたままボリュームを絞り、携帯を耳に当てた。

美奈からだった。

「どうした、何かあったか？」

事務的な口調で応えると、

「はい、五時過ぎに新庄さんからお電話がありました。携帯が通じないからって」

「いや、その件なら連絡済ませてるから」

ちょうど地下鉄に乗っていた時間だった。

「それで……、部長さん、私といるの嫌なんですか？」

「何の話？」

「今日事務所に戻らないで帰ったから……。初めてですよね、こんなこと」

「別に、最近なかっただけで、仕事先から真っ直ぐ帰ることはよくあるんだよ。気にするな」

「そうですか。それならいいんですけど」

「……」

「あのう、明日からの休みはどこか行くんですか？」

「いや、何も考えてないよ」

テレビ画面から、絵理香が姿を消した。私はテレビのスイッチを切った。

「もし暇だったら誘ってください。私、たぶん家にいると思いますから」

「うん、わかった。それじゃまた」

電話を切り、まだ濡れている髪をタオルでゴシゴシこすった。風呂上がりのすっきりした気分に、またモヤモヤしたものが流れ始めている。

また電話が鳴った。涼子からだった。

声の調子が、いつもとどこか違っていた。

少し距離を置いた感じで、今日久々津から電話があり、取材に同行してくれないかという話だったという。

「それで……、生田さんも了解しているというお話でしたが……」

「ああ、確かにそう言ったけど」

「でも私、お断りしました」

涼子はきっぱりと言った。

「どうして？」

「どうしてって、私……、たまたま詞を書いただけで、作詞家として紹介されるなんて」

「いいじゃないか。そのきっかけにもなるかもしれないし、チャンスはそうあるものじゃないよ」

涼子が断ったと聞いて何となくホッとした感じもあったが、言葉ではあえて取材に応じることを勧めていた。

「他にも書いたのがあるんだったよね、確か」

涼子が以前そう言っていたのを思い出した。

「ええ、こないだシュウちゃんに会ったときにもそれをきかれて、今度見せてくれって」

これまで田所さんと呼んでいたのが、シュウちゃんに変わっている。私はまた軽い嫉妬を覚えた。

「それで？」

「どうしてもって言うんで、今度いくつか渡すことにしました」

「そう……」

私は肌寒さを感じ、リモコンでクーラーのスイッチを切った。

「近いうちに、会えますか？」

涼子は間を置いて言った。

「僕の方はいつでも。明日から三日間休みだし、いつでもいいよ。でも、涼子は、バイトあるんだろう？いま自宅？」

「ええ自宅です。お店の方は一番混む時期なんですけど、人を増やすって言ってましたから、お休み取ろうと思ってます。今夜中にきいておきます。でも、私……」

「んっ……？」

「私、なんだかミーに負けちゃいそう」

「……」

「あっ、母が帰ってきたみたいなので、また電話します」

急に小声になり、涼子は電話を切った。

私は飲みに出ることに決め、着替え始めた。

苛立ちと空漠とした気持ちが、心を占領していた。

## 二

しかし、休みの三日間、涼子からの電話はなかった。

私は、涼子の心の迷いを感じていた。

部屋に一人でいると、様々な涼子の顔が浮かんでは消えた。

最初に会ったときの快活でしっかりしている涼子、忙しくて会えないと言ったときの涙ぐんだ涼子、風邪で熱を出したときに自分の方から唇を合わせてきた涼子。

そして私は、見たことのない顔も想像していた。

修と詞や音楽について話している涼子。

いくつもの涼子の表情に、私は戸惑っていた。

(たかが一人の女……)

そう自分に言い聞かせてはみたが、捨て切れない何かがあった。

休み明け、出勤してみると、仕事は思った以上に早く動き始めた。飛田が休みを取り、美奈も五日間の休みを取っていたので、私はデスクワークに追われることになってしまった。

その日の夕方、美奈から電話が入った。

「どうですか、お忙しいですか?」

「ああ、朝から電話やら来客やらでてんてこまいさ。お茶出しまで自分でしてるよ」

「なら私、明日から出ましょうか？」

「いやいいよ。折角休みを取ったんだから」

しかし内心、来てくれれば助かると考えていた。

「でも、家にいても何もすることないから、明日から出社することにします」

「そうか。正直言うと、そうしてくれると助かるんだが」

「わかりました。それじゃ明日」

美奈は、明るい声で電話を切った。

仕事を終え、赤みを残している雲ひとつない西の空を見ながら駐車場に向かった。

今日は珍しく車で出社してきていた。

私は北に向けて走り始めたが、思い直して夕陽のカケラが残っている西の方に車を走らせていた。

国道五号線、小樽に向けてである。

札樽バイパスに入り、アクセルを踏み込んだ。

涼子の顔が目に浮かんだが、会うかどうかは決めていない。

こと涼子のことになると、思い切りの悪い自分を感じていた。

バイパスを抜けて市内に入り、彼女がいるはずのレストランの前を素通りした。

駐車場は満車の状態だった。

きっと涼子も忙しく立ち働いていることだろうと思い、運河方面に車を走らせ、橋がかかっている辺りに車を停めた。

涼子と、そして新庄と幸恵と共に来た場所だ。

ガス燈の明かりと、まだかすかに消えかかる夕陽が水面にきらきら反射している。

少し離れたところにあるベンチに目をやった。

薄明かりの中にレモンイエローの服を着た女性が、男と二人で腰掛けている。

思わず目をこらした。

二人は立ち上がり、私の車の方に向かって歩いてくる。

涼子だ。間違いなく涼子だった。

そして連れは、なんと修だ。髪が長く背の高い男、修だった。

気付かれる前にと思い、まるで逃げ出すように慌てて車を出した。

札幌に向けて車を走らせながら、涼子が修と連れ立って歩いていたことよりも、むしろそんな行動をとった自分に苛立ちを覚えていた。

行きとは違い、帰りは車が異常に混んでいた。

(こんな時間、まだ海水浴帰りの車がいるのか)

涼子のことはなるべく考えないように努めた。

# 三

お盆休みが終わり、ようやく飛田が出社してきた。

オープンに向けての追い込みが開始された。

九月号の雑誌にはすでにシュール札幌店オープンの広告が掲載され、ラジオ、テレビのスポットも来月からスタートする。

ＣＤのサンプルも、間もなく入って来る予定だ。

シュール札幌事務所の開設も間近に迫り、何人かのスタッフはもう来札していた。

新聞の折込チラシは、札幌近郊まで含めオープン一週間前とオープン前日の二回、ほぼ全戸に配布される。

全てが予定通り進行している。

八月末、シュールの矢崎専務から電話が入った。

「順調にいってるかね。それで君の専門外だとは思うが……。明日船木をそっちに飛ばすつもりでいる。店舗がイメージ通りに進んでいるか一緒に行って現場をチェックして欲しいんだ。私は大阪に行かなきゃならないんで、動きが取れないんだよ」

「私がですか？工事の？」

「別に大したことじゃない。君のイメージ通りになっているかどうか見て来てくれればいい。船木一人じゃ、正直言って心もとないんでね」

矢崎は、終わりの方は小声で言った。

「それと、もしできればでいいんだが、あのパースを描いたのは誰なんだい？」

「ええ、まだ大学生ですが。あの詞を書いた女性です」

「ふうん、そうか。アルバイト料を払うから、その彼女と一緒に店舗を見てきてくれ」

「しかし」

「じゃあ、頼んだよ」

矢崎は一方的に電話を切った。

涼子とは、あれ以来、疎遠になっていることもあったが、この時期に至って現場のチェックをするのは気がひけた。なにしろ、彼が言ったように専門外のことだからだ。

私は、夜に連絡を取ることにした。

新庄から電話が入った。

「オレだけど、ちょっといい話があるんだ」

新庄は、相変わらず張り切った声を出している。

「オープンのイベントはどうなってる？」

「それが、まだ決めてないんだ。大まかにはできてるが」

開店向けのイベントには、ラジオの公開録音、ネットのライブ配信、一般客を参加させるクイズやゲームを予定しているが、いかにも月並みなアイディアしか用意していない。

「飛行機雲は、当然、生で出るんだろう？」

「ああ、それはラジオの公録とからめて予定してる」

「その中にさ、絵理香を使ったらどうだ？」

「絵理香？」

「そう、絵理香さ」

いま売り出し中、というよりアーティストとして定着した絵理香が来るということになれば、それだけで話題にもなるし、若い客を呼ぶには絶好の材料になる。

「しかし、ギャラのこともあるし、それに生バンドでしかやらないんだろう？」

ある程度のアーティストになると、専属のバンドを抱えていてカラオケで歌うことはまずない。

「いや、ダクションとの関係もあるから、歌は無理だと思うけど、トークショーってことなら了解は取れると思うんだ。それでいいなら。アルバムの方もやっと終わったから、九月はコンサートツアー前の遅い夏休みなんだ、彼女」

「……」

「本人はハワイに行くとか言ってたんだけど、その時期の北海道はいいぞって言ったら、じゃあそっちにするって言うんだ。でな、そのイベントに顔出しさせたらどうかと思ってさ」

「で、事務所の方の了解は取れそうなのか？」

「アルバムのキャンペーンってことで、一応、絵理香の事務所にもＯＫもらえると思うよ。なんて、実はさっき了解を取り付けたばかりなんだ」

「本当か！」

私は思わず大きな声を出した。

飛田と美奈が驚いて振り向いた。

「それでも、ロハっていうわけにもいかないだろう？」

「いや、オレの親友だからって言ったら、快く乗ってくれたんだ。でも一応アゴアシ用意してもらおうかな」

旅費のことである。

「わかった。それで済むんなら、もう願ったりってとこだよ。何人分考えておけばいい？」

「そうだな、ジャーマネ……、は行くかどうかわからんが、二人分みてくれればいいと思うよ。詳しいことは明日か明後日には連絡できると思うが。先にそっちのスケジュール、メール入れといてくれないか。絵理香の出番も一応組み込んでさ」

新庄はそう言って電話を切った。

企画の練り直しだが、こんな練り直しなら大歓迎だ。

「絵理香がどうかしたんですか？」

飛田が、ツーリングで真っ黒に日焼けした顔で振り向いた。

「オープンに来てくれるそうだ」

「ホントですか！」

「ああ、例のレコード会社の友人からの話だから、確定だ」

飛田は、椅子から立ち上がって、

「そりゃすごい！やりましたね」

「でも、飛行機雲、かすんじゃいますね」

美奈が小声で言う。

「そんなことはないよ。絵理香を目当てに大勢詰めかけるんだから、彼らもいい宣伝になるさ。それじゃチラシにも告知しないと」

と、浮かれている飛田が、急に仕事の顔になっている。

「そうだな。とにかく間に合う媒体はすべて組み込んでくれないか。それと、写真あった方がいいな、了解取ってからだけど……、それから、飛行機雲の連中にも了解取っておくよ」

私も少し興奮し、電話に手を伸ばした。

たぶん久々津のところに、絵理香の宣伝用の写真があったはずだ。

四

その夜、久し振りに涼子の声を聞いた。

どことなく、沈んだ声だった。

店舗見学の話になると、涼子は予想通り『私なんか素人ですから、できません』という応えが返ってきた。

押し問答の末、ようやく納得させ電話を置いた。

しかし、涼子と仕事の話しかできない自分に、寂しさも感じていた。

翌日の午後、船木がチェックインしているはずのホテルに彼を迎えに出かけた。涼子とも、そこのロビーで待ち合わせしている。

三時少し前、ホテルに着くと涼子はすでに来ていた。

今日は薄いピンクのブラウスとスカートで、バッグと靴は白だ。

「しばらく」

「お久し振りです。お元気そうですね」

他人行儀な会話しかない。

涼子は、最初会った頃に較べると随分大人っぽく見える。

長く伸びたヘアースタイルのせいか、それとも化粧のせいなのだろうか。

間もなく船木が姿を見せ、私は二人を紹介すると、歩いて工事現場に向かった。

船木は入口で名刺を出し、誰かを呼んでもらっている。

私と涼子は話をするわけでもなく、船木の後ろに突っ立っていた。

四十過ぎの品の良い男が、親しげな笑いを浮かべて船木に声をかけてきた。現場の責任者らしい。

私も名刺を交換した。

福永という名で、一級建築士の肩書きが入っている。

私たち三人は、入口でヘルメットと軍手を受け取りそれを身につけた。

涼子は、と見ると、大き過ぎるヘルメットに目まで隠れそうで、私は思わず吹き出してしまった。

涼子も、入口近くのガラスにその姿を写し見て笑っている。

お互いに顔を見合わせて笑った。

久し振りに涼子らしい笑顔を見たような気がした。

彼女も私と同じ思いなのかもしれない。

福永は、まだシートで被われている外観、そして店舗内部の各フロアーを、詳しく説明を加えて案内してくれた。

撮影で内部の一角を借りたときとは違い、ほとんど完成している感じだ。

企画書を作り、涼子がパースを描き直してくれた夜のことを、遠い昔の記憶のように懐かしく思い出していた。

「どうですか?何かありますか?」

福永という建築士が船木に向かって声をかけると、

「ええ、いいんじゃないですか。ねえ生田さん」

船木は曖昧に応え、私の方を見た。

ほぼイメージ通りである。

「設計変更で、大変だったんでしょうね」

私は福永に、気になっていたことをたずねた。

彼は笑いながら、

「いや、面白かったですよ。時間が詰まってたんで余計面白かったですよ。楽な仕事で、順調にいき過ぎるときの方がポカが出ますからね。今回はそういう意味でみんなに緊張感がありましたから、ここに来て割と余裕が出てますよ」

「あのう、二階の内装の色なんですけど、東側ですか、あそこだけ色を変えてましたけど」

涼子が横から口をはさんだ。

「ああ、あの一角はですね、今回テスト的に紳士向きのカジュアルウェアも手がけるみたいなので、あの壁だけ色を変えてみたんですよ」

「でも……、あの、言っていいのかしら」

涼子は、チラッと私の方を見た。

「どうぞどうぞ、何でもおっしゃってください」

福永がそれに応えると、

「はい、それじゃ。あの……、あそこだけ色が違うとお店の中が狭く感じるし、統一感がなくなるので同じ色にしておいた方がいいと思うんですけど。もしテスト的に販売するなら、商品を替えることもあるんですよね」

「なるほど。そうですね、じゃあ他と同じ色にしておきましょう」

福永は、快く承諾した。

「ところでどうですか？全体の印象は」

福永の目は、涼子に向けられている。

「とっても素敵です。外壁のレリーフとか窓の形、それにほとんどが間接照明で、商品にはスポットを使うんですすよね。上品で、そして重厚感があって、店の名前のイメージも加わってますし、最高です」

カラーコーディネーターの資格を持っている涼子は、さすがによく見ている。

「そうですか。商品が死なないように照明の位置には随分苦労したんですよ」

福永はポイントを指摘されて、嬉しそうに言う。

彼は涼子と話を交わしながら階段を下り始め、私と船木がその後ろに続いた。

帰り際、福永は涼子にも名刺を渡し、笑顔で見送ってくれた。ディスプレイの担当者と勘違いしたのかもしれない。

船木は開設したばかりの事務所に行かなければならないということで、その場で別れた。

涼子と顔を見合わせたが、彼女はすぐに目をそらした。

「喫茶店にでも行こうか？」

「はい、でも……」

「何かあるのかい？」

「六時前には、小樽に戻らないと」

私は時計を見た。四時を回っている。

「生田さんも社に戻るんでしょう？」

「ああ、送って行けるといいんだが」

私も五時から、シュールの札幌事務所スタッフとの会議を予定していた。

「それじゃ、十五分くらい」

私はそう言って、先日の撮影の後で新庄や修たちと行った近くの喫茶店に向かった。

「店の方は、まだ忙しいの？」

向かい合って座っている涼子にきくと、

「いいえ、もうピークは過ぎましたから」

「海水浴シーズンも終わりか」

残暑とはいっても、北海道では九月の声を聞けば秋風を感じる時期に入る。

「夏も終わりですね」

間を置いて、涼子はポツンとつぶやいた。

(話したいこと、ききたいことが山ほどあるはずだったが)

途切れとぎれの会話に、私は自分自身に苛立ちを感じていた。

「卒業したらどうするんだい？」

涼子は、うつ向いていた顔を上げた。

「父は、就職するなら小樽だぞって言ってますけど、まだ決めてません。それに……」

「それに？」

「いいんです。今度改めて相談します。そういえば、あの後も久々津さんから何度かお電話があって」

「取材の件?」

「はい、もう一度考えてくれって」

「別に構わないいんじゃないか。受けたら?その話」

「じゃあ、考えてみます」

約束の十五分を過ぎ、喫茶店を出た。

涼子は駅の方に、私は事務所の方に向かった。

一度振り返ると、涼子も振り向いたところだった。

彼女は小さく手を振った。

(夏も終わりですね、か……)

涼子の言葉を思い出し、ビルの間に見える澄み切った青空に目をやった。

五

オープン前日の夕方、私は井沢の外車を借りて千歳空港に向かっていた。

絵理香を迎えに行くと言うと、

「それじゃ、私の車を使ったらいい」

と、無理矢理貸してくれたものだ。

九月半ば、木々はすでに冬を迎える準備を始めている。

到着出口から、新庄を先頭に、ジーパンにロングヘアー、サングラスをした二人の女性が姿を見せた。まるで双子の感じだ。

「よっ！久し振りだな」

新庄は、いつもの笑顔で声をかけてきた。

「絵理香です。よろしくお願いします」

女性の一人が、私に向かって軽く頭を下げた。

「上林《かんばやし》です。よろしくお願いします」

もう一人が続けると、

「こっちは絵理香の友達で、スタイリストなんだ」

新庄は、付け加えるように言う。

私たち四人は、駐車場に向かった。

「爽やかって感じね」

「ホント。私、久し振りなの、北海道。この前来たときは冬だったから、ただもう寒くて」

新庄と肩を並べている後ろで、女性二人は楽しげに会話を交わしている。

「来月の十日、お前空いてるか？」

新庄がふいに言った。

「十月十日か、別に予定は入ってないが」

「それじゃ、東京に来てくれないか？」

「何かあるのか？」

「結婚式だ、オレたちの」

「おい、随分急な話だな。案内状きてなかったよ」

「そうなんだ、サッチとのことが上にバレちゃってさ、早く結婚してしまえってわけで、急に決まったんだ」

「そうか。もちろん行くよ」

私は車のトランクを開け、三人の荷物を入れた。

「それにしても、絵理香さんと上林さん、失礼ですけどよく似てますね」

私は車を出すと、ルームミラー越しに声をかけた。

二人は急に笑い出した。

「そうなんだ。背丈も髪型も一緒だろう。同じような化粧をして、こうしてサングラスなんかかけるとまるでわからんよ。ということを実証するためにさ」

新庄はそこで言葉を切り、後ろを振り向いた。

上林と名乗っていた女性が身を乗りだし、笑いを含んだ声で、

「実は、私が絵理香なんです」

思わず振り向くと、彼女はサングラスを外した。

確かに、テレビや雑誌でよく目にする顔だ。

ミラー越しに後ろに目をやると、もう一人の女性もサングラスを外し、ウインクを送ってよこした。

（それにしてもよく似ている）

「いや、悪かったな。他じゃこんな悪戯できないし、二人が一度やってみたいって言うからさ、生田ならいいと思ってさ。どうだ、わからなかっただろう？」

「いや、全然。最初は双子かと思ったよ」

「たまに影武者として使うこともあるんだ、だから」

「影武者？」

「ほら、コンサートが終わった後なんか、ファンが待ち構えてたりするだろう？そんなとき、カンちゃん、上林さんを先に送り出してファンが帰ってから悠々と正面から出たり、なかなか便利なんだ」

上林という女性は、笑いながら、

「今度スタイリストのギャラに、その分を上乗せしてもらわなくちゃ」

相づちを打っていた新庄は、マジな顔に戻り、

「そういえば、出足好調みたいだぞ」

「……？」

「何だ知らないのか。飛行機雲さ。大阪シュールのテレビスポットで流してたら、問い合わせ

が入ったりしてさ、発売日は明日だったよな。もう結構レコード店の方に予約が入ってるらしいぞ」

「本当か？」

「ああ、シュール全店でも流しっ放しってこともあるだろうが、昨日、久々津さんからも連絡きてさ、こっちでもＣＭ効果があって動いてるそうだ」

「じゃあ、期待できそうだな」

「おい、もっと嬉しそうな顔できないのか？地方の新人で予約が入ってるなんて、そうあることじゃないんだぜ」

「いや、嬉しいよ」

「はんっ、まあいいさ。それと明日、出版の方の誰かもこっちに来るそうだ」

「……」

「涼子さんに会いたいって言ってたけどな」

(契約の話は、もう済んだはずだが)

「あの歌の話？飛行機雲って」

絵理香が、身を乗り出して新庄にたずねると、

「そう、一度聴かせたよな」

「一度じゃないわよ。私なんかもう覚えちゃったんだから」

「そんなに聴かせたっけ？」

「そうよ。その度に『どうだ、この曲?どうだ?』って何度もきいてたじゃない」

「私も聴かされたわよ、何回か」

上林という女性も、そう言って笑っている。

「そうだったかな」

新庄はのめり込み始めると、見境がないらしい。

「詞がいいのよね、あれ」

絵理香の言葉に、私はまた涼子を思い出していた。

六

絵理香効果も手伝って、オープン当日、開店前から若者が列を作った。女性客に混じって三、四割は若い男性だった。

新作のゲームソフトの販売などではよく見る風景だが、若い連中がこれだけ群れをなしているのは、何かのコンサートか、有名タレントのイベントがある時くらいだろう。

私は店長と相談して、急きょガードマンの数を増やして配置させたが、案の定警察の方から連絡があり、間もなく制服警官が現われた。

歩道から人がはみ出す程の群衆になってしまったからだ。

しかし、大した混乱もなく一日目は過ぎ、当日来札してきた矢崎専務も上機嫌で、私は久し振りに仕事の快感を覚えた。

当日の売上げは、予想の倍を記録した。

その夜は、絵理香や修たち、スタッフも全員揃い、ホテルでパーティーが開かれ、涼子も姿を見せていた。

矢崎は自分の挨拶の途中で壇上に私を呼び、今日の立役者の一人として出席者に紹介した。

照れくささもあったが、矢崎に握手を求められ、さすがに悪い気はしなかった。

翌日もあるということで、パーティーは早目に切り上げたが、矢崎は、

「一軒付き合わないか?」

と、私を誘った。

涼子や新庄とも話をしたかったのだが、そんな余裕もなかった。

人混みに紛れて、涼子はいつの間にか帰ってしまっていた。

私と矢崎は、二人だけで静かなクラブに入った。

彼は、満面の笑顔を見せ、

「よくやってくれたね。大盛況だったじゃないか。まあ勝負は一ヶ月後だがね。その頃でも客足が落ちなければ成功なんだが」

「大丈夫だと思いますよ。商品自体に力がありますから、きっと定着すると思います」

「うん、そうだといいんだが。ところで絵理香さんのギャラはどうした?予算からはみ出ただろう?」

矢崎は絵理香のファンらしく、さん付けで彼女のことを口にした。

新庄の計らいで、ノーギャラで頼んだことを話すと、

「そりゃまずい。三日間だろう?彼女が出てくれるのは。いくらキャンペーン扱いで友達のコネがあろうと、こっちの顔が立たん。よし、私の方で少し考えよう。誰に話を通したらいい?」

矢崎は、口をへの字に結んでそうたずねた。

「事務所からは誰も来てないんで、新庄でいいと思いますが」

「よし、わかった。明日にでも彼と話してみよう。それにしても、例の飛行機雲の歌もなかなか評判がいいそうじゃないか」

「はい、お陰様で、まずまずのスタートらしいです。大阪の方でも反響があったみたいですし」

「そうだな。お金のことは別にして、何とか売れてくれればいいんだが。何となくこっちも責任を感じてるよ」

「ありがとうございます。第二弾が出たら、また何かの折に目をかけてやってください」

「君も何だかマネージャーみたいになっちゃったな、その口調からすると。ところで、今回飛行機雲に肩入れしたのはなぜなんだ?正直、予算の問題より、なぜそんなにこだわるか合点がいかなくてね」

「もう昔話になりますが」

そう前置きして、仙台での学生時代、シンガーソングライターを目指していたこと、デビューの約束を反故にされたいきさつなどを手短に語り、もし彼らに可能性があるなら、そのきっ

かけを作ってやりたかったことを正直に話した。

「なるほどね。そんなことがあったのか……。ところで彼らなんだが、どこかの事務所に正式に所属して東京に出るっていう話を耳にしたんだが」

初耳だった。

「誰からききました？」

「今日のパーティーの席でね。こっちのレコード会社の支社長と名刺交換したんだが、そのとき、それらしいことを言ってたなあ」

（新庄もそんな話はしていなかったが）

「いや、私の聞き間違いかもしれない。生田君が聞いてないんだったら」

矢崎はそう言って、その話を切り上げた。

一時間程で二人は店を出、エレベーターに乗った。

私は矢崎を送りがてら、タクシーを拾って帰ることにした。

ホテルに近づいたとき、矢崎は謎かけするように、

「井沢君から、何か聞いてないか？」

「何の話ですか？」

「いや、そうか……、ならいい。それじゃ明日、また――」

彼はそう言ってタクシーを降り、ホテルに入って行った。

私は、運転手にマンションの住所を告げた。

やはり疲れ切っていた。

目を閉じた。

七

オープン三日間のイベントは大盛況に終わり、気になって四日目も店に顔出ししてみたが、客の入りは予想以上だった。

その日の夕方、プロジェクトチームの解散ということで、私は自分の書類や持ち物を整理していた。

美奈のアルバイトも今日で終わり、飛田も同様に後片付けに精を出している。今夜は三人で打上げを兼ねて飲みに行く予定だ。

その時、井沢が顔を出した。

「おう、やっとるね。仕事中悪いんだが、ちょっと席を外してくれないかな、三十分」

飛田はけげんそうな表情で私の顔を見たが、

「部長、それじゃいつもの喫茶店に行ってますので、電話ください」

と言って、美奈を促してドアの外に消えた。

「実はさ」

立ったまま残りの書類を片付けている私に、井沢はもどかしそうに声をかけた。

「実はさ、まあ座れよ」

彼は、自分が座っている前のソファを手で示した。

私は途中で手を止め、彼の前に腰を下ろした。

「今回はどうもご苦労さん。矢崎専務からも随分ほめられたよ」

「はあ」

もう何度となく聞いている言葉だ。

「実はね、君に独立する意志がないか、聞いておきたいんだ」

「……」

私は無言で井沢の目に見入った。

「矢崎専務から大分前に打診があってね。君を独立させて、シュール中心の広告プロダクションみたいなものを作らせたらどうかという話なんだ」

「社長は、どう考えてるんですか？」

噂の出所は、どうやら井沢だったらしい。

「私かい？基本的には生田君次第とは思ってるが、別に反対ではないよ」

「……」

噂を聞いていたせいか、自分でも信じられないほど冷静さを保っている。今の仕事から離れるということにも、会社を辞めるということにも、何の実感もなかった。

「君が独立しても、うちとの仕事は続くと思うよ。だから、今回と同じように仕事をしてくれれば、うちの社にもプラスになるってことさ」

シュールの仕事が、井沢の会社を通すという条件があるのかもしれない。

「いずれにしてもさ、悪い話じゃないだろう。一国一城の主になるわけだし、矢崎専務のお気に入りなんだから」

井沢はそう言葉を続け、愛想笑いを浮かべた。

しかし、矢崎との関係がいつまでも続くとは限らないし、担当の船木とはどうも反りが合いそうもない。シュール中心の宣伝をやっていくには、矢崎と私との間にある一本の糸だけが頼りだ。それが切れたときには、どうしようもなくなる状況が目に見えている。

「そういえば、こんな話もしてたなあ」

井沢は私を焦らすように間を置き、上目遣いに見て続けた。

「君が東京に出てくる気があるんなら、シュールの広報宣伝部に来てもらってもいいとか」

「シュールの内部ブレーンって話ですか?」

「まあ、そうかな」

「しかし、そうなるとここの会社との縁は全く切れることになりますね」

「いや、それはないだろうと思うよ」

井沢は正直な男だ。言葉にも顔にも真実がチラチラ見え隠れしている。

私を出す条件として、何らかの裏取引が存在しているらしい。

「それで、その返事はいつまで、誰のところにすればいいんですか? 社長ですか、それとも矢崎専務に」

「もちろん、私の方に話を通してくれないと困るよ」

「会社設立の条件とか、規模については?」

「それは、君の返事次第で、具体的に話が出ると思うよ。それじゃ」

井沢は、そう言って立ち上がった。私は、

「最後にもうひとつきいておきたいんですが、もし私がここの会社に残りたいと言ったらどうなります?」

「そうだな。矢崎専務の意向もあるから、私の一存じゃ何とも言えん。一応考えとくよ」

(悪い話じゃなさそうだが……)

部屋を出て行く井沢の背中を見送り、喫茶店で待っている飛田に電話をかけようと、自分のデスクに戻った。

# 第九章　嵐の前後

一

翌朝から、私は元々の自分の席に戻った。

社内の空気は前と少し変わっていた。以前は自分の存在を無視したり、時に感じていた敵意が薄らいでいるような気がした。しかし、広い社内を見回していると、昨日までの飛田と美奈の三人のこぢんまりとした雰囲気が、遠い昔のことのように思い出された。

飛田は、と見ると、以前よりもイキイキとしている感じだ。話し声も、笑い声も大きく伸びやかになっている。

もう佐々木の陰に隠れて仕事をすることはないだろう。

私は書類を片付けながら、昨夜のことを思い出した。

お別れ会の時、飛田はビールを飲みながら、

「社長の話って何でした?もし噂の件が本当で、部長が別に会社を起こすなら、僕はついて行きますよ。今回部長と仕事できて少し自信もつきましたし」

と言って、嬉しそうな顔を見せた。

美奈もそれに続いた。

「私も。今日で辞めますけど、いつでも声かけてください。いろいろ勉強にもなったし、もし

独立するんなら必ず言ってください。大学も来年で卒業だし、中退しても構いませんから」

しかし私は、反対のことを考えていた。飛田には組織の中でもっと多くの仕事をこなし、視野を広げることができればと思っていたし、美奈にしても、一時の感情を貫かせるわけにはいかない。大学を卒業すればきっといい就職口が待っているだろうし、彼女ならどこの会社に就職しても重宝がられるに違いない。

（結局、自分は自分で居場所を決めなければならないだろう）

シュール関係の書類整理を続けながら、そんなことを考えていた。

夕方六時過ぎに、涼子から電話があった。

私は椅子を回して、窓の外を見ながら電話を受けた。

窓ガラスに、降り注ぐ雨が水滴となって細く流れている。

色づいた枯葉が一枚、その窓ガラスにへばりついて震えている。

「今日、何時頃終わりますか？」

「もうそろそろだけど」

「ちょっとご相談したいことがあるんです。今からいつも待ち合わせしてた喫茶店で待ってますので」

彼女はそう言って、手短に電話を切った。

私は社内の目を意識せず、早々に退社した。

外は細かい雨が降りしきっている。

傘を持たずに来ていたので、小走りに地下街に逃げ込んだ。

喫茶店のいつもの席で、涼子は何やら本を読みふけっている。

歩調をゆるめ、彼女の横顔に目をやったまま近づいた。

髪は大分伸び、肩の辺りでウェーブを作っている。

「お待たせ！」

私はつとめて明るく声をかけた。

彼女は驚いたように顔を上げ、本を閉じた。

「相談って何？」

コーヒーを頼んでから、無言のままの彼女にたずねた。

「ええ、いろいろあるんですが、ここ騒がしいから、後で食事のときにでも。お食事まだなんですよね」

彼女も、無理に明るい笑顔を見せている。

私は彼女のそんな表情に、二人の間の溝を感じ取っていた。

「今日は私がごちそうします。夏のアルバイト料がこの前入ったんです。だから……」

「いいよ、別に」

「そうさせてください。前に行ったレストランでいいですか？バイト料が入ったときに行ったことのある――」

あれは私の誕生日の前日、涼子がそこで涙を見せたレストランを言っているのだろう。

「夏休みも終わったんで、私もう札幌に戻ってたんですけど、生田さん、電話くれなかったですね」

涼子は、軽く下唇を噛んで目を伏せた。

「オープンのことでいろいろ忙しかったからね。電話しようとは思ってたんだけど」

ふと気が付くと、近くのボックスに座っている女子高生三人がチラチラこっちを見ては何事か囁き合っている。彼女たちのテーブルの上には、大き目の雑誌が拡げられている。

涼子は久々津に押し切られた形で、修たち飛行機雲と一緒に作詞者として取材に応じ、大きく写真で報じられたものもあった。もしかしたら、涼子の写真と見比べているのかもしれない。

ＣＤ売上げも順調で、地元放送局のベストテンにランクインしたという話も聞いていた。

「出ようか」

私は、そう言って立ち上がった。

彼女は一瞬戸惑った表情を見せたが、私の後ろに続いた。

やはり女子高生たちの視線は涼子に向けられている。

二

地下鉄を出、相合い傘で少し歩き、レストランに入った。

店は空いていて、私たちは奥まった席を取った。

「何だい、相談って？」

私は、言い渋っている感じの涼子を促すと、

「実は、オープンパーティーのとき、久々津さんに東京の音楽出版社の人を紹介されたんです」

絵理香たちを空港に迎えに行ったとき、新庄が車の中で話していたことだ。

「もっと作詞してみないかって言われたんです」

「いいじゃないか、認められたんだよ、きっと」

「ええ、書きたい人はいるけど、書ける人間はなかなかいないとか言ってましたけど……。でも、私にそんな才能なんか」

「心配ない、きっと書けるよ」

私は力を込めて言った。

「でも、その条件として東京に出て来なさいってことなんです」

「……」

「書いて送るだけじゃだめなんですかってきいたら、曲作りのためのミーティングや、打ち合わせの中でイメージに合わせて書いて、その手直しもあるから、やる気があるなら東京でって。リモートじゃ無理だって、そう言われたんです」

「それで？」

「それで迷ってるんです。どこかのそういう事務所に籍を置いて仕事するらしいんですけど、私にそんなこと、できるかどうか。それに……、それに両親には何も言ってませんから、真っ

向から反対されるに決まってるし」

「君は試してみたいんだろう?自分の力を」

「ええ、少しは……、でも」

「じゃあ、話すだけ話してみたらいいじゃないか」

スープが運ばれてきた。

(涼子が、東京にか……)

私は、スプーンを手に取った。

「もうひとつあるんです」

涼子もスプーンを取り、下を向いたまま、

「シュウちゃんが東京に出るらしいんです。東京を中心に活動しないとメジャーになれないからって。他のメンバーの人たちは、迷ってるらしいんですけど」

矢崎が耳にした話は、事実だったらしい。

「それで……」

涼子は続けた。

「シュウちゃんが、私が書いた詞だと、自分でも意外なメロディーが浮かんでくるって。だから……」

「一緒に東京に行こうって言われたのか?」

私は少し冷たく言った。

「ええ、でも……」

「わかった。とにかく食べよう」

料理が続けて運ばれてきた。

涼子は少しの間、身を固くしていたが、フォークに手を伸ばして食べ始めた。

沈黙が続いた。

私の頭に、先日、矢崎に話した音楽を志したときの、苦い記憶がよみがえってきていた。

だが、今の涼子が置かれている状況は、そのころの私のそれとは違っていた。すでに発売を間近にした作品があり、新庄のレコード会社関連の音楽出版社だったら信頼できる。まして、乞われて作品をかけるとしたら、滅多にないチャンスだからだ。

（涼子に会えなくなるのは耐え難かったが、涼子の将来を考えると……）

「自分の経験から言わせてもらえば、こんなチャンスは滅多にないと思うんだ。だから、新庄も力になってくれると思うし、思い切ってやってみたらどうかな？」

二つの気持ちの板挟みになりながら、沈黙を破って、そう話していた。

「その方がいいんですか？」

涼子はそう言ってうつ向き、私はうなずいた。

「それじゃ生田さんは、私が東京に行った方がいいと思ってるんですね」

涼子は、念を押すように言う。

「そうじゃない。滅多にないチャンスだから、試してみたらどうかと勧めてるんだよ」

私は改めてそう言い、コーヒーに手を伸ばした。

（この業界で、才能を認められるのは滅多にないことだ。それを止める権利なんて）

そう考えていると、意外な言葉が涼子の口から発せられた。

「生田さん、ミーの方が好きなんですね。私より」

「そんなことはない。それは君の方だろう？」

彼女の言葉に、それまで心の中で渦巻いていた疑念が思わず反応していた。

「それ、どういう意味ですか？」

彼女は目を上げ、珍しく厳しい眼差しを向けた。

「修のことさ」

私は、彼女の目を見ながら言った。

「生田さん、そんなこと考えてたんですか？」

「見たんだ、この前。小樽運河のところで、二人でいるの」

「あれは、そう、見てたんですか……。あれはシュウちゃんから相談されてただけなんです。東京行きのこと」

「……」

涼子は下を向いている。

私はまたコーヒーに手を伸ばした。

「私……、帰ります」

彼女はうつむいたまま立ち上がった。私はカップをテーブルに戻した。

外に出ると、冷たい霧雨に街明かりが煙っている。

涼子は空車に向かって手を上げた。

「さよなら……」

彼女は一度振り向き、笑みも見せずに車に乗り込んだ。

（終わったな……）

心と身体に軋むような雑音を抱えながら、私は霧雨の中を、ススキノに向かって歩き始めた。

三

開店から一ヶ月近く経ったが、シュール札幌店の売上げは当初の予定よりはるかに上回って推移していた。愛想のない建物は重厚感として受け取られたのか、シュールの商品はＯＬの間にも浸透しつつある。

私と涼子のアイディアで設計変更された建物は、その場所にすでにしっかりと根を下ろし始めている。

しかし、自分自身は下ろしていた根を完全にもぎ取られ、いまは精神的にも仕事の立場上も、根無し草のようになっていた。

業界では、私の独立の話はすでに噂を通り越し、あたかも決定事項のように語られている。

そんな思いを抱きながら、新千歳から羽田に降り立った私は、新庄と幸恵の結婚披露宴の会場である都内のホテルにタクシーで向かっていた。

急に取った会場ということで、受付は午後二時、開宴は二時半という中途半端な時間だ。

台風が近づいているせいか、雨が降り始め、風も強くなってきている。

タクシーを降り、ホテルのロビーに入った。

受付時間まで三十分近くある。

一階のロビーは人でごった返していたので、会場になっている三階まで行き、ソファに腰掛けた。

遠くから、薄いグリーンのスーツを着、髪を長く伸ばした背の高い男がエスカレーターの途中から手を振っている。

その若い男が近づいて来た。

修だった。

「しばらくでした」

彼は軽く会釈して私の横に座った。

私は笑いながら、

「見違えたよ。馬子にも何とかだな」

「ひでえなあ、生田さんは。正直言うと、オレもそう思ってるんですけどね」

破れたジーパンとTシャツの印象しかなかったが、こうして見るとなかなかの紳士ぶりだ。

「順調らしいな」

私は、修の横顔を見ながら言うと、

「そうなんですよ。オレ、こんなになるなんて思ってなかったから、何だか信じられなくて。二枚目のシングルも、急に来月発売に決まったんです」

「そうか。それは良かったな」

「はい、すべて生田さんのお陰です。あれがなかったら、オレなんかレコード会社と一生縁がなかったと思うんです、ホントに。オレ感謝してます」

「そんなことないさ。力はあったんだからさ。ところで、こっちに出て来るんだって？」

「えっ、聞いてないんですか？オレ、もう東京に住んでるんです、アパート借りて」

このところ、新庄とも久々津とも連絡を取っていなかった。

「そうか。じゃあ本腰を入れることになったんだ。おめでとう」

「ありがとうございます。他のメンバーはまだ迷ってる奴もいるけど、たぶん一緒にやれると思うんです」

「他の連中は、まだ札幌か？」

「はい、だから今回までのレコーディングは、前みたいに札幌でやるって話です。来週かな。そうです、来週です」

「……」

修は、私の方を見ると真顔で、

「できれば、生田さんにも来てほしいんです。レコーディングのとき」

「私はいいよ。スタッフが動いてくれるよ」

「そんなこと言わずに来てください。連絡しようと思ってたんですから」

「……」

披露宴に列席する客が集まり始めた。

「受付、済ませましたか？」

「いや、まだだが」

「じゃあ、行きますか」

修に促され、私も立ち上がった。

受付の着物姿の女性は、私が名前を告げると、

「生田様ですね。新庄さんから、お会いしたいのでお見えになったらご案内するようにとのことでしたので」

私は、その女性の後ろに従った。

修は一瞬迷っていたが、

「オレ、一緒に行っていいですか? まだ知らない人ばっかりなんで、一人でいるの嫌なんです」

そう言って、一緒に連いてきた。

新郎用の控室に入った。

新庄が、紋付き姿で正面に座っている。

周りには、彼の両親や親戚の人たちが正装で歓談していた。

「オス!遠いところ悪かったな。シュウも今日はありがとう。ところでさ、友人代表の挨拶、よろしく頼むよな」

「友人代表?オレが?」

「そうさ。オレ言ってなかったっけ」

「聞いてないよ」

「そうか。まあいいさ、よろしく頼むよ。もう決めてあるからさ」

新庄は笑いながらそう言った。相変わらずである。

彼はその後、手招きして私を窓際に呼び寄せた。

「オレ、外で待ってます」

修は挨拶すると、部屋を出て行った。

「おい、お前、涼子さんどうした?」

「どうしたって?」

「涼子さんにも案内状出したんだ。そしたら欠席するっていうからさ」

「彼女にも出したのか」

「おう、サッチがそうしたいって言うんでさ。それで一週間くらい前かな、サッチが涼子さんに電話したんだ」

「……」

「そしたら、お前とは会ってないって言うじゃん。お前振ったんだって？」

「いや、逆だよ」

「おまえー、いやお前たち何やってんのよ。お互いの気持ち確かめたのか？」

「……」

「変だと思ったよ。涼子さん、作詞はもうしないって言うしさ、東京には出て来ないってことは聞いてたが、それじゃ今のままで作詞続けるかっていう話も蹴ったみたいだし。お前が原因じゃないのか？」

私は部屋を出た。

修が、正面の壁に寄りかかって私を待っていた。

ロビーの方に引き返すと、そこは客で溢れ、私と修が座っていたソファも他の客に占領されていた。

「皆様、お待たせいたしました。どうぞ会場の中にお入りください」

ちょうどそのとき、案内の声が聞こえた。

四

急に決まったとはいえ、人数は二百人近くで、華やかで明るい披露宴だった。

生バンドが用意されていて、修もそして絵理香も歌った。

レコード会社のトップクラスや、今回の縁なのかどうか、シュールの矢崎専務も招待されていて、最後の乾杯の音頭をとっていた。

新庄も幸恵も、終始にこやかな表情を見せ、会場全体が和やかな雰囲気に包まれていた。

すべてが終わり、私は修を促してホテルの出口に向かおうとしたが、雨と風が強まり、タクシー待ちの客が列を作っている。

(飛行機は飛ぶかな?)

窓ガラス越しに、激しく揺れる街路樹が目に入った。嵐が近づいているようだ。

「ちょっとお茶しませんか」

修がそう言い、私たちは一階のティールームに入った。

雑談が途切れると、彼は少し考える仕草を見せ、

「最近、涼子に会いましたか?」

「いや、しばらく会ってないが」

「そうですか」

「君は?」

「オレ?電話では話しましたけど、会ってないですよ。機嫌悪いんだか、元気ないんだかわかんないけど、何だか変なんですよ」

「何が?」

「次のシングルなんですけどね、涼子が作詞したのを使おうと思ったんですけど、使わないで

くれって言うんですよね。まあ、何とか説得して今回は使うことになりましたけど、もう詞なんか書けないって言うし」

「彼女、東京には出て来ないんだって？」

私は、少し間を置いてきいた。

「少し迷ってたみたいですけど、結局やめたみたいです」

「両親に反対されたんだろう？」

「いや、親たちはそうでもなかったようですよ。期限を決めてやるんだったらってことで。生田さんなんじゃないですか？こっちに来ないって決めた原因は」

修は、妙にあっさり言った。

「私？……」

「だって他に原因は考えられないし。オレはてっきりそうだと思ってましたけど」

私は外の並木に目をやった。

枝は風に激しくしなり、時折、木の葉が風に引きちぎられていく。

「君と涼子はどうなってるんだ？」

私は、それまで何度となく喉元まで出かかっていた言葉を口にした。

「オレは彼女のこと好きでしたけどね。彼女の心はオレを見てもいなかったんですよ。残念だったけど」

「……」

「オレ、一度だけ彼女に迫ったことあるんです、今だから言いますけど。そしたら思いっきり平手打ちですよ」

修はそう言って、左頬を撫でる仕草を見せた。

「でもオレ、この後、曲を作っていくのに、彼女の書いた詞が必要だと思ってるんです。都会では書けない詞、外から都会を見つめる詞、純粋なもの。だから涼子が小樽や札幌で書けるものの方がいいと思ってるんです。東京に出てくるより」

「……」

「今度シングルに使う詞も、もしかしたら生田さんへのラブメッセージなのかもしれないと思ってたんですよ、オレ」

「今回のは何ていうんだい？」

「タイトルが〝マイ・オンリー・ラブ〟、彼女の一途な思いが伝わってくる良い詞でした」

（マイ・オンリー・ラブ……、マイ・オンリー・ラブ……）

心の中で、その言葉を反芻していた。

物思いにふけってると、修は、

「ところで、この後の二次会っていうか、パーティーは出るんでしょう？」

「いや、特に聞いてないけど、何かあるのか？」

「さっきの披露宴は、お偉いさんたちもいて硬い感じだったでしょ。で、若い連中だけで二次会しようと言うことで、急きょ新郎新婦と友達だけでやろうっていう話ですよ。誘いはなかったんですか?」

「特になかったし、そろそろ帰るよ、まだ飛行機は間に合うだろうし」

修は合点がいかないような顔を見せたが、私はそう言って立ち上がった。

その時電話が鳴った。心当たりのない番号だったが、新婦の幸恵からだった。

「ごめんなさい、シンちゃん連絡してなかったって聞いて、あわてて電話したんです」

「ああ、これから帰ろうと思ってるんです」

「だめよ、この後五時からパーティーがあるので、ぜひ来てください」

「いやあ、僕はもう」

「だめですよ、シンちゃんの一番の親友が来てくれなかったら、一生恨みますよ」

「でも、日帰りの予定だったから」

そうは言ったものの、結局、幸恵の言葉に押し切られ、ホテル近くのレストランで用意されている二次会のパーティーに、修と同行した。

五

瀟洒なレストランには、すでに四、五十人前後の若い面々が集まっていた。

BGMと共に、お色直しで見たカクテルドレスの幸恵と、白いタキシードの新庄が登場した。

司会が、

「さっきまでは、気を遣う人もいましたが、ここは無礼講ということでお二人から要望がありまして、まずは、新郎の新庄さんからひと言お願いします」

マイクが新庄に渡った。その横に、ドレスで着飾った幸恵の姿があった。

「ええと、今日は私と幸恵のために来てくれてありがとう！」

どっと歓声が沸いた。

「まあ、この企画は、実は昨日いきなり決まったパーティーで、面食らった人もいるかもしれませんが、こんなに大勢の人に集まっていただき本当にありがとうございます。で、先ほどの披露宴で私の友人代表で挨拶してくれた生田雄一郎という男は、同僚として仕事したこともあって、まあそれなりにできる男なんですが、どうも中途半端なところもあって、周りをイライラさせることがあるんですよ。ええ、まだ時間が来ないので、シュウ、飛行機雲のシュウ君に、この場は任せようと思います、シュウ、こっちに！」

私は、いきなり自分のことから話が始まったので驚いたが、修はステージに上がった。

「飛行機雲のシュウです。今回、自分がデビューできたのは、新庄さんや新婦の幸恵さんが札幌に来てくれて、オレらの演奏を聴いてくれたのがきっかけなんです。そのきっかけを作ってくれたのが、新庄さんの親友の生田さんです。ご紹介しましょう！生田さん、どうぞこちらへ」

ステージ前のテーブルに座っていた私に、新庄が促すように首を縦に振っている。

私は戸惑いながらもステージに上がった。

それと同時に、いきなり店内の照明が落とされた。

一瞬ざわめきがあり、しかし、用意されていたかのようにスポットライトが入り口を照らしている。

しんと静まり返った中に、レモンイエローのワンピースを着た女性の姿が見えた。

後ろにいた誰かに押し出されるように、彼女もまた戸惑いながらライトを手で遮りながら、二、三歩、会場に足を踏み入れた。

私は、思わず息を呑み、その情景を見つめていた。

「新庄さんの親友の生田さん、そしていま来てくれた作詞家の風間涼子さんがいなかったら、こんな奇跡は起こらなかったと思います。では、生田雄一郎さん、風間涼子さん、お二人に温かい拍手を……、涼子さん、ステージの方へお越しください」

ステージに上がった涼子と私にスポットライトが当たり、拍手が起こった。

会場の照明が戻った。

マイクが新庄に変わった。

「で、いま新婦が手にしている花束、本来はブーケトスをするんだと思いますが、新婦のたっての希望をお許しいただいて、こちらの涼子さんに贈らせてください」

その言葉に、歓声と拍手が会場をつつんだ。

幸恵が、顔を赤らめた涼子に笑顔でブーケを手渡した。

拍手に送られながら、修を残して四人はテーブルに付いた。

「おい、いい加減もうやきもきさせんなよ。もっと自分に正直になれ」

耳元で、新庄がささやいた。

「生田さん、女性は言葉でちゃんと言ってほしいのよ。わかってるだろうなんて、それは勝手な男の思い上がりでしかないの」

幸恵の言葉に、すかさず新庄は笑いながら、

「お前の場合は、すぐどうなんだってオレを問いつめて来てたからな」

「んっもうー！」

また幸恵のひじ鉄が炸裂した。

スピーチが続いていたが、涼子は、はにかむような笑顔で私の目を見つめ、

「幸恵さんから何度も連絡があって。今日も電話もらって……、でも、もう時間的にも無理だって思ってて……。そしたら『二次会には絶対来て。じゃないと一生後悔する。本気で好きになれる人なんて、そう出会えるもんじゃない』って」

そう言われて、急きょ東京に向かったという。

(自分も初めて本気で好きになったのは涼子だ。離したくない)

彼女への思いが、改めてはっきりと確信できた。

「ごめん、涼子の人生の邪魔をしたくないって思ってたけど、一番、迷わせたのが自分だってことに、ようやく気づいた。もう迷わない。ずっとそばにいるから」

私は、小さくうなずいた涼子の細い肩に手を置いた。長く伸びた髪が指に絡んだ。

「私、出会ったときから願かけしてたの。生田さんとの恋が成就するまで髪を切らないって。

諦めかけたこともあったけど、諦められなくて」

涼子の言葉に、私はただ黙ってうなずいていた。

「私も一役買ったのよ、涼子をここまで連れてきたの私なんです」

振り返ると、美奈の笑顔があった。

聞けば、煮え切らない涼子に、幸恵が美奈に東京まで連れてくるよう頼んだという。そしてこのシナリオには、修も一枚かんでいるという話だった。

「私、シュウちゃんと付き合ってるの、というか、いい感じなんです、いま」

美奈はそう言って、ステージ上の修に目をやった。

マイクを通して、修の声が聞こえてきた。

「それでは、もうすぐ発売されるオレたちの新曲を聞いて下さい。風間涼子さんが作詞してくれたこの歌です。『マイ・オンリー・ラブ』！」

ピアノとバイオリンのイントロが静かに流れ始めた。

修が延びのある声で語り始めた。

会場は静まり返り、みんなが聞き入っている。

初めて出会ったとき　静かに心が揺れて
私の鼓動はあなたと　一緒に動き始めてた
最初で最後の恋だと　信じられる愛だと
感じていたの……　今でも……　いつまでも……

変わることのない……　マイ・オンリー・ラブ……

（この詞が、オレに向けた涼子の気持ちなのか。こんなにひたむきに思ってくれていたのか。何てオレは独りよがりだったんだ）

修の歌声に涼子の心を重ね、そして新庄と幸恵の気遣いに深く感謝していた。

曲が終わり、万雷の拍手の中で、涼子が私の耳元でつぶやいた。

「ひとつお願いがあるんです。最初に生田さんとお話ししたお寿司屋さん、札幌に戻ったら、もう一度連れてってほしいんです。いいですか？」

（このサプライズの最中に、寿司屋って？）

彼女の言う意味が分からず、目でその答えを促した。

「私……、初対面の人に誘われて、付いて行ったのはあの日が初めてだった。なぜそうしたのか、今でも不思議なんです。でも、あのときから自分が変わったような気がするの。だから、私にとって、あのお店は心の転機になった大切なお店なんです」

そう言われて私も、なぜあの日、彼女を半ば強引に誘ったのだろうかと思った。

涼子が持っている純粋さが、そのころの自分自身に対するやりきれない苛立ちを和らげてくれる期待があったのかもしれない、そんな気がした。確かに、その日から心のどこかに涼子がいて、自分の心を静かに揺り動かし始めたように思われた。

（たった一人の女性との出会いが、自分の感性や生き方を左右したのだろうか）

そう思う視線の先に、新庄や幸恵、そして修たちみんなの笑顔が見えていた。

周囲は再び盛り上がり始めたが、長く続いた不協和音から抜け出した私は、涼子と二人の世界に浸ろうとしていた。

窓の外に目をやると、激しく揺れていた木々が鳴りを潜めている。

どうやら近づいていた嵐が、その進路を変えたようだった。

## 六

新庄の結婚式から二ヶ月あまり、私はシュール札幌店に向かって歩いていた。

十二月半ば、すでに冬の気配を見せている街はクリスマス一色に彩られている。

「やあ、生田さん、おかげさまで売り上げは順調ですよ。ディスプレーもお客さんの評判が良くて、わざわざ見に来る人もいるんですよ。それも売り上げにつながっているみたいです」

事務所に顔を出すと、同年輩の店長が人の良い明るい笑顔で迎えてくれた。

オープン当初、店長は東京本社からの執行だったが、現店長の彼は札幌で採用された社員で、私が立ち合った面接の時からの顔なじみだった。数人に絞られた中から、矢崎専務と共に私が店長として推していた人物だった。

「それは良かった、今日はバレンタインから春先のコンセプトのことで相談に来たんだけど、時間は大丈夫？」

「もちろんです、じゃあ、こちらへ」

二人は狭い応接室で向かい合った。

打ち合わせを済ませ、私は階段を使って各フロアを見て回った。

これまでとそう変わらない店内だが、要所にはクリスマスを感じさせるデザインが施されている。ディスプレーは涼子のアイディアも取り入れ、商品をメインに、派手な装飾は出来る限り抑えた雰囲気に仕上がっている。

時計を見ながら一階に下りたが、時間はまだ早かった。しかし、涼子はすでに来て待っていた。

私の顔を見るとすぐに、彼女は先に店を出て歩き始めた。

「なんか、ずいぶん急いでるみたいだけど」

「だって今日は、ようやく約束の日でしょ！忘れたんですか？」

私の質問に、涼子はわざとらしく口を尖らせた。

新庄の結婚式で、『お寿司屋さんに連れていって』という約束をしたものの、その約束はまだ果たしていなかった。今日がその日だった。

新会社設立に向けて何かと忙しかったこともあったが、涼子も卒論の作業と、両親から自動車免許を取ることを許され、連日教習所に通っていたことも原因だった。

「寿司屋はいいけど、そんなにあわてることじゃないだろう？」

「ダメよ、ずっとずっと楽しみにしてたんだから、もう二ヶ月以上よ！」

「そりゃそうだけど、寿司屋は逃げないよ。少し遅れたって」

涼子は無言でうなずき、私に腕を絡ませながら歩き始めた。

粉雪が舞っている空を見上げ、

「タクシー拾おうか？」

そう言うと、

「イヤ、歩く」

「じゃあ、地下の道を歩こうか？」

「イヤ、このまま歩く」

涼子は、細かい雪が降りしきるススキノまでの道を無言で歩き続ける。

信号で立ち止まったとき、組んでいた手を、私のコートのポケットに移し、その手を握ってきた。それは冷たかったが、暖かく愛おしく思った。

地下鉄のほぼ二駅分の道のりを、二人はほとんど会話を交わさずに歩いた。

さまざまな思いが、粉雪のように舞い続けていた。

退社時間が近づき、ススキノは徐々に人波が揺れ始めている。

二人はそこを抜け、寿司屋が入っているビルの前に立った。

「着いたよ」

そう言って、涼子の髪にかかった雪をそっと払った。

「良かった、どこまで歩くのかと思った」

彼女は笑いながら私の肩の雪を落とし、伸び上がって髪にも手を伸ばそうとしたが、バランスを崩した。私はその身体を抱き留め、互いに見つめ合った。

「らっしゃい、生田さん。こんな所でラブシーンはいけませんや」

どこかに行って戻ってきたのか、寿司屋の主人の顔がすぐそばにあった。

「いや、そんなわけじゃなくて」

「まあ、入ってください、うちに来たんでしょう?」

彼はそう言って、二人を招き入れた。

「らっしゃい」

「いらっしゃいませ」

店の奥からいつも通り、威勢のいいかけ声が飛んできた。

「生田さん、奥の席になさいますか?」

「いえ、カウンターで」

店主の問いに、涼子が代わって応えた。

まだ他に客はいなかったが、二人はカウンターの一番奥に座った。

彼は、涼子の顔をチラッと見て、

「見覚えのあるお顔ですね、春に一度いらしたでしょう?」

「覚えてました?私のこと」

涼子は顔を少し赤らめた。

「そりゃ、覚えてますよ。生田さんと来た女性は、あとにも先にも一人っきりですからね」

「ホントですか？私、涼子っていいます」

嬉しそうに、彼女は自分から自己紹介した。

「ところで、涼子さん、って呼んでいいのかな。どうして、カウンターに？」

「生田さんから、常連さんはふつうカウンターに座るって聞いてたんです。だから」

私は、笑いながら二人の会話を聞いていた。

「握りますか？」

「そうだね、あと……」

「ビールください」

涼子があとの言葉を継いだ。

前に来たときもビールを頼んだのを、私は思い出した。

ビールが運ばれてきた。

「あっしも、いただいていいですかね？」

店主は、これまでになく自分からグラスを差し出すと、

「じゃあ、乾杯といきますか？」

店主の誘いに、三人はグラスを合わせた。

「それにしても、ようござんしたね、生田さん」

「何が？」

「何がって、公私ともに問題解決したんでしょう？そんなすっきりした顔でうちの店に来たのは初めてですよ」

彼はそう言って、嬉しそうに笑いながら涼子の顔に目をやり、

「前に、生田さんに話したんですけどね、お二人はよく似てるって。春にいらしたとき、ご兄妹かなって思ってましてね」

「私と生田さんが……」

彼の言葉に、涼子は小首をかしげた。

「そう、よく似てらっしゃる、いつかはこうなると願ってましたよ、あっしは」

「こうなるって？」

私がそうきくと、

「もう、決めたんでしょう？ご結婚されるって」

彼は笑顔で二人を交互に見やった。

「でも……、まだ、正式には……」

口ごもる涼子を横目に、私は上着の内ポケットから白い小箱を取り出し、

「これ、用意はしてたんだけど、なかなか会えなくて。今日になってしまったけど」

婚約指輪だった。

涼子は、それをマジマジと見つめた。

目には涙があふれている。

「オーイ、みんなグラスを持ってこっちに来てくれ、仕込みやってるみんなも来てくれ！この店始まって以来のイベントだ！」

訳も分からずに集まってきた店のみんなに、

「こちらは、開店以来ごひいきにしてくださっている生田さんと、いま結婚を約束された涼子さんだ、みんなで祝ってやってくれ、おめでとうございます！」

「おめでとうございます！」

「おめでとうございます！」

祝いの言葉が続いた。

「いやあ、ホントに嬉しいですよ、あっしは。友だちって言っちゃなんですが、弟みたいに思ってた生田さんが、うちの店でプロポーズしてくれるなんて、ありがたいですよ」

「いや、申し訳ない、返って迷惑かけてしまって」

「水くさいこと、言いっこなしですよ。いいご夫婦になってくださいね」

「似たもの夫婦ですか？」

涼子が泣き笑いの顔で返した。

「いいじゃないですか。ずっと前からお二人にはご縁があったんですよ」

「そうかもしれないな……」

彼の言葉に、私は何度かうなずきながらつぶやいた。

「らっしゃい」

威勢のいいかけ声と同時に数人の客が入ってきた。

「じゃ、ごゆっくり」

主人が立ち去ったあと、リングケースから指輪を取り出して涼子の手にはめると、

「いいご夫婦だって……、で、似たもの夫婦？」

「うん、そうだな。一緒に生きて行けたら。それだけで――」

涼子は小さくうなずき、指輪をしている手をそっと私の手に重ねた。

曇りガラスの向こうに、降りしきる粉雪が舞っているのがおぼろげに見えている。


「了」

《著者プロフィール》

梶原正毅（かじはらまさき）

北海道函館市出身、札幌市在住。

函館ラサール高校、北海道大学卒業後、会社勤務を経て作詞作曲を中心に、音楽プロデューサーとして活動する傍ら、ライフワークとして執筆を続けている。

近著；『乱の行方』（文芸社）現代を生きる若者を通して、平将門、菅原道真の因縁を描いた歴史ファンタジー。

『黄金郷の一族』（ブイツーソリューション）妹の復讐に生きてきた男は運命に導かれ黄金郷にたどり着くのだが。新感覚ミステリー。

不協和音

2023年9月18日　初版第１刷発行

著　者　梶原正毅

発行所　ブイツーソリューション
〒466-0848 名古屋市昭和区長戸町4-40
電話 052-799-7391　Fax 052-799-7984

発売元　星雲社（共同出版社・流通責任出版社）
〒112-0005 東京都文京区水道1-3-30
電話 03-3868-3275　Fax 03-3868-6588

印刷所　藤原印刷

ISBN 978-4-434-32696-7